倡导诗意健康人生
为诗的纯粹而努力

阎 志
主 编

芦花放
中国诗歌
【第95卷】

2017 · 11

主　　编：阎　志
常务副主编：谢克强
副　主　编：邹建军

编　委（以姓氏笔画为序）：
田　禾　叶延滨　李　瑛
祁　人　吴思敬　杨　克
张清华　邹建军　陆　健
林　莽　路　也　阎　志
屠　岸　谢　冕　谢克强

发稿编辑：刘　蔚　熊　曼　朱　妍
　　　　　李亚飞
美术编辑：叶芹云

编辑：《中国诗歌》编辑部
地址：武汉市盘龙城经济开发区
　　　第一企业社区卓尔大厦
邮编：430312
电话：(027) 61882316
传真：(027) 61882316
投稿信箱：zallsg@163.com

目　录　CONTENTS

4–15　头条诗人
5　手指把力量弯曲了（组诗）　　　郭　辉
15　质感　　　　　　　　　　　　郭　辉

16–30　原创阵地
卢　山　阮雪芳　燕　七　木　桦　吴小虫　李　强
游　金　乔光伟　李继宗　陈健南　左拾遗　诸鑫浩
苏　颜　陌上寒烟

31–61　实力诗人
32　蒋志武的诗　　　　　47　刘剑的诗
35　陈广德的诗　　　　　50　远心的诗
38　曹树莹的诗　　　　　53　曾瀑的诗
41　西野的诗　　　　　　56　衣米一的诗
44　王天武的诗　　　　　59　天界的诗

62–68　特别推荐
63　大汉江　　　　　　　　　　　陈　敏

69–75　女性诗人
70　大女人书（组诗）　　　　　　谭　畅
75　大女人论　　　　　　　　　　谭　畅

76–84　大学生诗群
成廷杰　桴　亘　麦　岔　苦　岩　陶玉帅　田　驰
汪亚萍　张　肃　张　楠　张奉强　卢　匀

85–93　中国诗选
简　宁　王单单　孟醒石　大　解　江　雪　芦苇岸
潘红莉　柴　画

94–97		爱情诗页
95	西湖：白蛇传（组诗选三）	洪 烛
96	写给梯玛的九十九封家书（组诗节选）	倪金才
97	南方美人（组诗选四）	冯朝军
98–103		散文诗章
99	山歌	姚 辉
104–116		诗人档案
106	潞潞代表作选	
113	潞潞无题诗简论	非 默
117–127		外国诗歌
118	德瑞克·沃尔科特诗选	远 洋 / 译
128–140		新诗经典
129	邵燕祥诗选	
134	寻找自由的灵魂	刘玉杰
141–150		诗评诗论
142	诗歌：接地气与望星空	蒋登科
145	尽情撒野吧：百年新诗的文体学思想批判	李志艳
151–154		诗学观点
151	诗学观点	甘小盼 / 辑
155–156		故缘夜话
155	进入新时代	朱 妍

封三封底——《诗书画》·远村书画作品选
本期插图选自 Alexander Ivanov 作品

图书在版编目(CIP)数据

芦花放 / 郭辉等著.–北京：人民文学出版社，2017（中国诗歌 / 阎志主编）
ISBN 978–7–02–013567–7

Ⅰ.①芦… Ⅱ.①郭… Ⅲ.①诗集 – 中国 – 当代 ②诗歌评论 – 中国 – 当代 Ⅳ.①I 227 ②I 207.22

中国版本图书馆 CIP 数据核字（2017）第 295803 号

责任编辑：王清平
装帧设计：叶芹云
责任校对：王清平

人民文学出版社有限公司出版
http://www.rw–cn.com
北京市朝内大街 166 号　邮编：100705
武汉新鸿业印务有限公司印刷　新华书店经销
字数 210 千字　开本 850×1168 毫米 1/16　印张 9.75
2017 年 11 月北京第 1 版　2017 年 11 月第 1 次印刷
ISBN 978–7–02–013567–7
定价 10.00 元

如有印装质量问题，请与本社图书销售中心调换。电话：01065233595

头条诗人
HEADLINES POET

GUO HUI 郭辉

湖南益阳人，现客居于加拿大。中国作家协会会员，一级作家。作品散见于《诗刊》、《星星》、《人民文学》、《十月》、《中国诗歌》等。著有诗集《永远的乡土》、《文艺湘军百家文库·诗歌方阵·郭辉卷》、《错过一生的好时光》、《九味泥土》等多部。有作品入选《中国新诗选》、《新中国60年文学大系》、《中国散文诗90年》、《21世纪散文诗排行榜》、《中国年度诗选》、《中国年度散文诗选》等选本。

手指把力量弯曲了

·组诗·

□ 郭 辉

重 光

神在与不在，芳心都要盛开
这些花朵，皆是被
捅住了翅膀的相思鸟。它们
在黑夜里说悄悄话，调笑，谈情说爱
一到白天就戴上面具，打开金色的
魔匣，放入各自的心经
飞翔是注定的，只是暂时
要收敛，要以丰补歉，把开放当作佛事
以一朵死亡之心，求取重光

断碑吟

一记沉雷响过！喊出
了青冈石内，隐忍多年的
闪电

斜挂下来，仿佛是一把
无形的削魂刀
断送了最高处的声威

名姓也剥离了，一个朝代的
黄金之享，身首异处
没入衰草斜阳

曾经是多么重
一朝减去——苦撑着的骨质
竟薄如一纸阴文

把伤口留给自己
把疼
留给江山

皈 依

时光浩大，逝者如斯
我小小的歌哭，停不下来。就像——
一朵野花对枝头的爱，终将落下
一弯浅水依恋岸，却要远行
一声鸟鸣把一个清秋节，啼出了暗洞
一片云根植不住家园，惟有流浪
灵啊，即便死无葬身之地，也依旧
停不下来，这才是肉身的皈依

弯 曲

河流把走向弯曲了
成为辽远

闪电把筋骨弯曲了
成为光芒

手指把力量弯曲了
成为拳头

碎碎念

锤子与核桃，语境复杂
构成的却是一场
简单而偏执的审判
铁的规则，从来不说多余的话
劈头砸下，就是棒喝
就是如雷贯耳，然后一统江山
王者之霸气，实至名归
你有最好的脑子，也必须
讷于思，逆来顺受
还要违心地道白——
世道就是舍身取义，普天之下
莫不是美好人间

秤 砣

喜爱它的重，相对于
那些经营尘世的轻，以及盘子里
不露声色的浮尘

喜爱它垂直的线条，有绝佳的
平衡术，或前移或后退
总是选取一颗高贵的星宿，停下身段

尤其喜爱它的沉吟不语
不饶舌，不苟言笑，只沉沉甸甸
感应天地良心

将军水府庙

拐角处，有绿房子
紫色藤蔓，缠绕谢世的童谣
那一对石狮子，走过了
几重江山？临水照影
谁才是滞留的郎主
风雨无心，依稀别过。礼佛的云燕
前世到过，今日又来，可否

再度走进你
被一串风铃摇响的苍凉

青山纵雪

黑发之中，一丝一丝
渗透出的白
是暗夜里洁净的
星光。是大海从深渊
推上来的盐
是春天特意运作的
点点槐花柳絮。是矿藏下
内质优异的银
是种在土地深处，终获出头
之日的美玉。是信鸽
于云天之外，时光之外，捎来的
咏叹与赞美——
皓月当空，青山纵雪

勒石策

石头里的思想是空的
深藏若虚。若不，用使命感
极强的匠心点点勾勒
就难以呈现
或者亦可，借助于喊魂的
尖嗓子，呼唤那些
隐姓埋名的佳构
让其顺理成章，脱颖而出
但必须跪着，如绿毛虫
匍匐于世事的最低处
才能，使抱屈的文字灵魂出窍
成为经书，治典，抑或
一个时代的悼亡词

朝 下

雨落下来时，头是
朝下的，那是神在导引

鸟饿了啄食

头也朝下，求得廪实之仓

稻子与稗子，成熟了，就一起
俯首，感恩泥土造化

婴人成型时，倒立着，低垂着头
离生更近，离尘世更近……

大于无

同是在空中走
为什么白云有影子，飞鸟也有
而太阳无？那阔大的光
目空一切。是持有生杀予夺
大权的捕快，行于野，行于天国
又如哲人之思，将众生之杂念
不着一字，打回原形
必要时，还会隐身于圆月之后
借这一面天地大盾牌
暗示人寰——谁都有阴影
有大黑，小黑，或半白半黑
然后自说自话——
我亦如此。只是我的影子
大于无

一犁新雨一犁春

带有古韵，带着相思意
走在河岸上，阡陌上，光秃秃的树枝上
显得多么亲和而含蓄
有大思维，大格调，一贯纵横捭阖
却甘愿寄身在草莽之间
更具有天地心
善于布局，精于垂钓生气，还乐于
给接地气者，施以燃情药
绿是可以引诱的
芬芳与色彩，也有践约之道
就一一交心，细说方言与俚语
用千年不改的亮度
不动声色地，一寸一寸地，一片一片地
刺绣水色山光

最后一枚枫叶

从经冬的脉息上
拾取几丝怀想，这有可能
春夏的鸟鸣犹存半滴
以隐身术，蜷曲其中。大地的
耳朵呀，请予听见
霜花开过，雪花又开，多余的冷
进入了内伤
如同死而未僵的痛感
曾经如火的红，为谁淡出
为谁卸尽一生繁华？
只留下躯壳，薄若尸衣，瘦如败纸
魂欲归去，却依依难舍这
一径相连的足够的爱，就在风中
再一次飘摇，再一次絮说
终有一别，且待
且待轮回……

含羞草

低垂着腰身，低垂着爱
叶片儿舒展，有着多么专注的Ｖ形
纹路。宛如指尖儿朝上
向南，唤取东风里一丝朝雨
向北，叫雪山上的白，入骨融心

暗绿绣眼鸟飞过来了
春天的邮差呀，带来了谁温润的体香
小桃红？白云朵？鹅黄柳信
还是一头梅花神鹿？昨夜三更
它悄悄辞别了海角天涯

来吧，来吧，但是千万别碰
哪怕轻轻一触，我的心，也会羞煞……

野梨花

也有雪，是从地上
长出来的。比如这一树野梨花

一开，就成了
雪意芬芳的女子
她站立着，尽显定力
却又仿佛在舞蹈，一身仙袂翻飞
还唱着如香曲，每一句
都晶莹得近乎透明
白云不落下来，鸟的影子也不
落下来，害怕遭遇雪盲
阳光越来越宽大，照进去
反倒把锋芒融化了
她凭借自己的白，成为雪景
又一直在做着
雪不可能完成的事情——
怀上许许多多春天的孩子
多活质，多汁液
圆圆乎乎，皆成正果

紫丁香

你径自吐着香气
低眉的样子，仿佛是不胜娇羞
东南风吹过来，又吹过去
多么辽阔
你甘愿低回，浅浅笑
一只小雀子唱童谣，有意无意
就扰着了你的心绪。你
放任它，还抛给它两翅清芬
到处是绿，绿如水，绿如海世界
你绽放出掩映不住的炽热
却执守淡泊之心——
要是能独处虚无，多好
要是能把紫色的神器
还给神，多好
要是能用所有的香，浸淫凡间
和其光，同其尘
多好

开福寺

月瘦下去了，清露敲钟
夜色浮肿，檐下的风铃醒了瞌睡
谁把脚步从数里之外

带来，在一蓬衰草的浮生处
他听到了蝈蝈吟哦
呵，这有血有肉的音符
多像是一粒中成药
正在为黑的暗疾消炎，给石门祛暑
也替自己的
骨质和禅意除湿
生出明净，和一颗悬壶济世之心

无上道

一头山羊，在崖壁上
嗞嗞有声地
磨着，它瓦灰色的犄角

呵，万物都有锋芒
都有它
面对世界的尖刺

脸色苍白的人呀
山羊一扭头，看到了
你孤零零的痛

惯性一直在追杀
步步紧逼。该出手了！你
如何亮出自己的决绝

犁铧辞

世代相传的农业里
最陈旧，最尖锐的一块骨头
冬眠时，也会
发出不生锈的光芒
开春了，就在泥土之中
故乡的皮肤之上，划出一道道
不慌不忙的闪电
外冷内热，多么坚忍的地下工作者
用舌尖，舔得看不见
的禾苗绿，稻花香，蠢蠢欲动
作田汉子的铁指甲
一言不发，一意孤行
却抠出了天下

千重绿，万亩春光

仿 佛

山旯旮里的栀子花
盛开的时候
仿佛香得愈加重，愈加高洁
让嗅觉不堪承受
又仿佛走着莲步的小狐仙
伸出如雪的兰花指
拨响了绝代风华
又仿佛好客的主，酒过
三巡之后，再一次斟上玉液琼浆
欲取谁的酩酊醉
又仿佛一颗伤透了的心
突然醒悟，吟哦出
一句如梦令——
何似，何似，清净摩尼珠子

闪电中的天使

止于惊叹！
深蓝色的长剑之锋
已撕裂青苍

独舞者，为谁
呈现？为谁洞开审判之门？

翅子上的灵光
低于天启，却高过了
所有镀金的冠冕

人间万物呀，请予借亮
借一道昭示内心的
闪——
一次获救，永远得救！

猛虎行

藏于林，行于崇山大野
一身王者之气

如月之色，日之光，与生俱来

雄踞凌霄巨石，俯瞰
大小杀机，有宽余。若一尊
得道的卧佛

风吹也罢，雨打也罢，下刀子
又如何？心不动
则是处安，是处平和

总爱掬千年流水
洗净豪肠。常借无古无今的白云彩
拭黄金纹，擦钢爪铁掌

平日无言。守性，守静笃
该出头时，则冲天一啸，傲傲然
收拾注定的山河

芦花放

野生的命。却一生一世
怀着玉洁之心。在湖洲的深处
更深处，放纵广阔的
血缘与根系
以天地大写意，以无言之言
呼风唤雨，闹出
一场绿色的暴动！然后
从骨子里，从脉冲里，抽出本色来
抽出夏雪，香雪，多情雪
哦，芦花放
这大覆盖，这从土地之上
飞向空中的白，飞向蓝天的圣洁
这无以复加的山河恋
叫洞庭一隅，有了
白银般的重量与美学

夜莺谷

走在你的路上
多么轻盈。请把你的咳嗽，叹息，
还有战栗与长歌，给我
走在无法测量的坡度

我是侧面的哑。请把你高贵而
经久不衰的抛物线
给我，让我常怀
岁寒心，感恩图报之心
夜越走越深，我遗失了灯火
请把你的光芒，无限大的
悲欣交集，给我，让我收藏
支付于此生承诺
行道迟迟，我是你一路的
方程式，有解
只待你振翮而起，唤我江海同归

星光隐

最柔软的部分
为大地，为江河湖海所接纳
硬的，骨气朗朗的，则
——进入了石头
在那里，它们俯首，紧身，自甘寂寥
养方寸心，炼侠肝义胆
不急功近利，无虚妄，无是非
只痴痴等待着
一场血与火的磨砺
多少年华倏忽逝去，隐者呵，
终于把浓缩的光芒
化为一笔一划，从固态的黑暗中
赫然呈现！成为——
深刻的字，不磨的姓名，不朽的历史

砸石者

他敲破一块块卵石
其实，只是把一些固化已久的
波涛、浪花，驱赶出来
显影一条河流的造化之功
他一生都在击打那些
圆形方形多边形，那些棱棱角角
使它们俯首埋头，跌跌撞撞的行程
血肉横飞，却喊不出一声痛
我非恶。也非善。他对人间说——
我只是把做不到的，化为虚无
而能做到的，是让无序

在暴力之下成为规则

证　词

是谁说，如果看不到
自己的影子了，你将死去
进而剖析，那是高高在上的
死亡，抹去了你的灵光
且还以哲人之思，阐述——
尽管太阳，月亮，篝火，白日梦
依旧开出心形的花朵
但古老的洞穴，蝙蝠群飞
将衔走你生命惟一的
证词

蚕

啮桑的时候，从边缘
开始，下嘴精准
吃下一幅又一幅绿色地图
构建自己的小宫殿，大宇宙
摄入多少，就从
血肉之中抽出多少，密封
无欲之欲，无心之心
在自成一体的帝国
做自己的王，自己的臣民，用自己
的死，掌管自己的生
白禁固黑，黑又紧裹着
一粒洁白的情思
只待天光重启
迅如子弹，射向轮回

斑竹恨

相思是无法医治的
陈放得越久，越疼，越咳血
一次又一次，把皮肤都
挠破了，抠烂了。然后
用泪水中的盐
敷上去，自我修复
结痂之时，会以无声之声

喊住，那些业已流逝
成色可疑的旧光阴——请留步
请在常人目力可及的地方
请在我裸露的骨骼上
为那个爱我，又守不住我的王
为自此之后
所有的爱恨情仇
刺　绣下千秋恨，万古愁

枯苇笺

那么大的雪，那么多
坚如磐石的冷
也未能
压折单薄的腰肢

在凶可喋血的
野风中，挺举着一簇
不屈的长发，一朵早已熄灭
却不曾死去的火
眺望山外山，天外天

洞穿岁月的长矛
凭谁在握？锷未残，锋未卷
血色犹存！谁又一笔
挥动，写下了
这山河表里英雄帖

心是直的，纵有千般痛
只咬定一个忍
不露声色。在湖洲子，在沼泽地
翘首等待
东风破……

现　场

三把铁锤，轮番举起，把一只牛头
当作大鼓擂
牛在暴，在跳，后腿把相依为命的土地
蹬出了一个个血窝
牛在嚎，在叫，肉身里
沉默了一辈子的雷霆，一朝炸响，山川失色

牛在喘，在抖，一颗颗清泪流了出来
白亮得像不染尘埃的珠子，照着
那些在人世间越走越累的魂灵
忽然，牛的主人哗哗大哭
——求求你们，别打了！别打了！
他跪下来，抱住牛头，像抱着失散多年的
兄弟。垂死的牛
竟然也伸出了滴血的舌头，舔舐着
那一头的白发，一脸的泪水，一世的悲欢……

活下去

一辈子只问耕耘
老死后，皮却得继续活下去
把七斤八两五钱的命
蒙到一圈木头上

嘴死了，皮犹能说话，或者高声喊
心死了，皮犹能跳，脉冲博大
骨与肉离弃了尘世，皮
却在同一个尘世，任打任掼
把过往消受的响鞭
化为震天的鼓响

直到圆心被擂破
直到全身被擂烂
直到声音被擂得气息奄奄
直到收破烂的，把半死不活的一张
撕扯下来，垫到破三轮车上

换一种活法，皮又继续
——活下去！

除　锈

除锈工易师傅
用钢丝刷，在铁上面刷了一辈子
还没有除完

锈都是长出来的
借着风借着雨借着潮气，借着
日子里咔嚓作响的分分秒秒

不动声色地呈现

易师傅说，世上的锈不见少
身上的锈反倒越来越多
牙齿上的锈是垢
头发上的锈是白
骨头里的锈是刺
血管里的锈是小堵中堵大堵

他指一指脸上的老年斑
——这是皮肉的锈
只有命没了，烧成灰，才能除掉

娇莲姐

那个腰肢纤细的女子
着蓝花花小单衣
走在垂柳下，羞羞涩涩，暗藏清芬
朦胧之恋微微隆起
仿佛一枚粉荷，欲开未开
晚风如梳，梳她的长辫
顿一顿，又把她抿着的笑
揉进了蛙鸣和明月光
在荷塘村，她和
她的姐妹，都被喊作娇莲姐
不施粉黛荷花香，不打胭脂荷花色
莲是内质！与乡野有着
不可分割的情缘

千年屋

神龛在上，眼角的余光
常瞅着，这一方
纯木结构的空房子
这死亡投过来的重影与悬念

外祖父，每天都要
用手摸一摸
仿佛是探脉，测体温，看它是不是着了凉
会不会生出病痛

偶尔，也伸出鼻尖碰一碰

嗅那历久而弥新的
杉木气息，那亲切得
如同雕花床一样的体香

村子里每死去一个人
他都要搬开盖子
去躺一回，试一试宽窄，大小，长短
看还合身否？

还要看有没有祖宗
捎来的一星半点暗示
呵，天堂在上
生死都有朝向

黑　鸟

二姨把自己的命
用草绳子系着，连同三更的饮泣
交给菜园子里的苦楝树
去称

后来，苦楝树也死了
外婆不让砍掉
外婆说，它有情有义呢
以命抵命

再后来，常有一只
黑翅膀的鸟
站在干枯了的树梢上
一声不吭，仿佛君临天下

像极了苦楝树
结出来的一个疤痕
又像
伤口上的一贴止疼膏

每次看到黑鸟，外婆总要
噙着泪花骂一句，没良心的！
还要让我叫一声
——二姨

北美之野

北美之野，这一道
没有中文注音与标识的溪水
让我隐隐有隔膜感
又领略了其中
全世界通用的流美与纯净

那些在溪里嬉戏的孩子
头发金黄，眸子里闪动着水晶蓝
他们用，与山溪
共同着的母语，发出来
打闹声，宛如天籁

老磨房不见了，火也
早就熄灭。但岁月有潜流
想必影子还在，磨出的
清香还在。老味道，都已砌进了
溪上青灰色的石拱桥

走到桥头，我蹲下来，掬一捧
细粼粼的浪花，
洗面，洗心，洗异域情思
溪水正翻唱着旧时歌
纯英文调式，我竟然也听出了
故乡风情……

到处是湖

到处是湖。这些辽阔
而自由自在的液体
仿佛总在发出，一声声
蔚蓝色的浩叹

最坚硬的江山
骨子里也有柔情，需要水性
泽润石头，泥土，草木，飞禽走兽
和生存之道

若要长生，贯通血脉
若要千秋岁，须真气迂回

天光之下，遍地湖光
这才是圣元宝典

湖的国度，那么多水
每一滴，都是神的赐与
渺小，至无穷大
汇聚，到无上天尊

无名瀑

那些从没有姓氏的
将活得更低，但会更倔强
鸟如是，花如是，草木如是
这一尾野溪，也如是

从山窝谷缝之间
奔行而来，到得绝境处
一愣，一激灵，猛地垂下双臂
倒立于百丈崖头

撑在了北美腹地
撑住了一生的畅想
撑着流动的过去与未来
撑成山野奇观

依旧无名
却用一条活生生的命
大写出
新的名分——瀑

秋枫辞

秋日来临。它对山坡上
裸露的石头说——
从现在开始,你可否与我一道
隐隐作痛

苍天有眼,苍鹰飞过
它忽发玄思——我要向你黑刀子
一样的翅翼亮出伤口
你若捎带,就带走我的愈合

野菊花一蹦一蹦开了
仿佛是神灵敲响的鼓点
它不由得悲欣交集
告白人间——这才是撼庭秋

西风里,夕阳衔山
它无法喊出心头的块垒——
落日呀,我也有着你阔大的病!也将
全部咳尽心头的血……

多伦多渔人村

在这里,风是多元的
串起来花香,色块,旗语
和缤纷的种族

历史用角力,用快意,用畅想
标注的一个顿点
无穷小,又无穷大

老磨房的石页
谁能卸下?这岁月之卵
诗化着不老的风华

旧事如烟。七人小乐队的
管弦与守势,从未停止,依然在
奏响生命之光

绿皮火车从哪里
开来?要驶往何处?一声长笛
拉短了世界的距离……

质 感

□ 郭　辉

　　这么多年了，在天南地北行走，有时离诗很近，有时离诗很远，但是我总也忘不了三堂街。

　　那是生我养我的地方，前有一江碧水，后有一围青山，住处背后摊开几亩荷田，才露尖尖角的时候，举起碧玉盘的时候，开出一朵朵粉荷的时候，都是最美的。

　　这是人间给我最初的诗意。

　　荷田美，最终的收获，还是脚杆子踩进泥土里，两只手插入泥土深处，挖出来的那一支支白莲藕。

　　诗又何尝不是。

　　越是贴近泥土的东西，就越具有存活力，越具有生命力。

　　其实所谓泥土，就是要有根。

　　我早年学着写诗，一直记着一位老师的教诲：写诗要"靠山吃山，靠水吃水"。搁笔多年以后再写，记得真切的仍是这句话。

　　时代迅猛发展，诗的观念不断更新，现在来看，这句话确实是老土了，过时了。但细细一想，仍有可取之处，那就是要写自己经历过的、熟悉的、感触最深的生活，写自己脚踩着的那一撮泥土。

　　当然要求变。在注重真情实感的同时，也要注重历史感，时代感，还要注重语感。既要面对和抒写社会生活，也要面对和抒写内心生活。

　　有许多人在创作中试图建立一个诗歌精神体系，这种努力是可敬的。但这种诗歌精神体系不能是空中楼阁，必须有一个坚实的基础，也就是要以广阔的、扎实的生活体验作为支点。

　　而对于参与其间的人，期待自己有所作为的人，就要在这种大背景，大构建下，尽量把自己放低些，缩小些，尽量足踏实地些。

　　从广义上说，诗是精神层面的东西，但需要物化的表现形式。诗常常带有物性的一面，就像一棵树，一朵花，一只红胸脯的鸟，一头奔跑的鹿一样，总是在一个神秘的地方，等待着有心人。

　　而那个神秘的地方，正是诗人需要发现和开掘的生活。

　　诗是神性的，来了灵感，一触即发。但这种神性，往往根植在理性之中，也就是对生活的认识，认知，解构之中。

　　"寻找到了可以显现"（策兰语）的东西，再揉人个人的独特感受，人人眼中所见人人笔下所无，一首诗，就能够立起来了。

　　当然是立在泥土之中。

　　文字散落时，单一，干瘪，了无生气。只有用诗意把它们组合起来，才会有立体感，充满弹性和张力，容光焕发。

　　然而这还不够，还必须注入一种叫作质感的东西，也就是滋生于泥土中，发掘于泥土中的内涵和深度，使之不只是有光鲜的外表，还有血有肉有灵魂，读在眼里，也是沉甸甸的。

　　我近几年写了一点诗，表达的是一种泥土情怀，表现的是一种生活阅历，在当今风生水起的诗坛，较之于许许多多的佳构力作，是太微不足道了。

　　但我是用了心来写。

　　泥土有九味。

　　我力求与泥土贴得近些，更近些，把根扎得深些，更深些，写出泥土的质感，写出生活的质感！ Z

原创阵地
ORIGINAL SECTION

卢 山　阮雪芳　燕 七　木 桦　吴小虫
李 强　游 金　乔光伟　李继宗　陈健南
左拾遗　诸鑫浩　苏 颜　陌上寒烟

人间世

（组诗） 卢山

一种生死观

在我的故乡安徽泗县河平村，老人们喜欢在生前
给自己准备一口满意的棺材。选择最信任的木匠，
　　拿出平生的积蓄，
似乎余生的时间用来完成这个浩大的工程。
棺材就放在屋子里显摆，老人们坐在棺材旁
谈论着彼此的寿衣和陪葬品。
通常在二十年后，他们会实现这个愿望——
蓝天下，人们抬着他们的棺材深一脚浅一脚走在送
　　葬的路上
仿佛这是老人们一生里最幸福和辉煌的顶点。

生　日

窗外的雨水在制造一种背景。而我此次前来并没有
　　带什么礼物
没有什么能比我站在你面前更伟大的仪式了。
当我们拥抱，以一小片潮湿的皮肤试探
这些曲线丰满的波浪，这些行走的树木和花朵

来自于一年前被昆虫占领的杭州植物园。
来自于这个夜晚那些剥落在地面的时间的鳞片。

人间世

在地铁站，我们交换着一张张脸：它们叠加起来
是这个清晨里新鲜出炉的热腾腾的山东煎饼。
我们交换着衣服，不小心把别人的性别穿在自己的
　　身上。
我们交换着不同的山水和故乡，
把这些陌生的重逢当作一次意外的旅行。

这些疲于奔命的呼吸，将逐渐消融在列车巨大
　　的轰鸣里，
而我们也得以将昨夜的梦呓反刍成今日的早餐，
　　且短暂地耽搁于
这些静止安稳的一小片地心栖息地。

寄　远

在二十五楼，空气里凝结着夜游症患者的倒影。
环城公路上，北京不说晚安。
凌晨，只有你送我的手表还在走动，
像是你在和我说话。

黑夜里，我们还可以写信，
用这一夜的风雪计算着每一次重逢的欢喜。
多好啊，我们枝繁叶茂，在大地上行走
耽搁于共同的空气和花朵。

下雨记

雨水忽然落下的时候，这个世界没有人想我
也没有什么值得我留恋的事情
我只是在马塍路的房子里洗衣服，拖地板，写
　　几个字
等待妻子下班回家开门的那一声惊喜
这近乎一种伟大的默契，当雨水停止，灯火熄
　　灭
我们同时陷落于这个世界的巨大的空无和寂静

空 （外三首） 阮雪芳

月亮西沉
空虚的人
开始叫喊
仿佛有什么东西
锲进了她的身体
那叫声，多么像补丁
穿过茫茫黑夜
——穿过茫茫黑夜
刚好
填补了
另一个人的空虚

像荒野结满霜花

那么多的月光曾在高粱地流淌
月光回到天上
高粱酿成了酒
那么多的樱桃来不及成熟
就掉落
那么多的空坛子
喝下苦味和芬芳
那么多的飓风抱着寂静
喜悦摇着悲伤
那么多的夜晚只记得
你清凉的胴体
像荒野结满霜花
像湖面站立天鹅

慢慢地

我变成自己
之前
我是他人的一部分

是其他物质：
关窗的手
说好话的嘴
踩油门的脚
消化药片的胃
映现人群的眼睛
餐桌旁的某个座位
一本病历
身份证
几个称谓
被告席
某份合同上的指纹
奶袋
公车的填充物
快感缔造者……
那些锲进去的
正在慢慢消失

一把剃须刀

当你少女时，一把剃须刀引起你的好奇
在父亲用过之后，你拿起来，往脸上
推，像小小的割草器划过早晨的嫩枝
当你成为一个男人的妻子
一股吉列剃须泡沫的味道
扑面而来。你感到清冽的泉水
涌动，从身体的某处
在你年老时，一把剃须刀
将会带来什么。当他们一个接一个地离开
现在，你坐在客厅
透过镜中影像，儿子
那个年轻人正第一次使用
你微笑，看着

喜 欢

（组诗） 燕七

这样很好

后来再也没有遇到过
当年给我送花的少年
他丢下情书和野花
惊慌失措跑掉

留下我，一个人呆在原地
甚至没看清他的样子
那么好看的人
看过一眼就不会忘

后来再也没有遇见
这样很好，他在我心中
永远不会老去
在他心中，我也依然年轻

喜 欢

大朵大朵的紫玉兰花瓣落下
微微的风吹着，一朵追着另一朵
像一个人走在另一个人后面
离得很近，却不敢说出，心里的喜欢

靠 近

巨大的鲸鱼
只游向
最深最蓝的海里
我只想靠近你

只需要一点点甜
心力交瘁的我
就会愿意
再活一百万次

月 光

有些很美好的事物
只有独自一人的时候
才会遇见

没有人相信
我心里藏着很多月光
仰着头的时候
月光如雪沁入肺腑

我的心，被月光照得多么明亮
可是要在很深很黑的夜
站得很近很近的人
才能看见

什么是信仰

那些星星是自己跑到夜空的
每颗星，都是一盏灯光
月亮东游西荡，不大爱说话
还有乌云，它们总是迷路

那些星星有时候会很孤单
倘若它们没有信仰
就会跌入无尽的深渊

命

(外二首) 木桦

妻子说,她一进医院就感觉
自己不再是人类
而是变成了一堆零部件
我们给外科、五官科、儿科、骨科、男科和性病
　皮肤科
提供五脏六腑、七窍、孩子、206块骨头、精子
　和各种病毒
血液科、乳腺科、妇科、交费窗口随时向我们索
　要
血浆、乳房、卵巢、子宫、胳膊大腿和人民币
他们要什么
我们就给什么
如果太平间打来电话
我们就要随时奉上
一具新鲜的尸体

以妈妈的名义

妻子乳腺癌肺转移
大夫说最多撑两年
两年后儿子五岁,五岁之前
孩子没有任何记忆
也就是说
儿子可能会永远忘记他的妈妈
妻子整天想
怎么样才能让儿子记住她
她如何存在
她打儿子,骂儿子
她恨不得将自己的样子雕刻成灵魂的形状
强行塞进儿子的脑袋
她想要把所有的温暖都给儿子
等儿子长大,让他至少感觉到自己
是一个被妈妈温暖过的男人

可后来妻子放弃了,相比存在,相比记得
她认为原则和底线更重要:
儿子出生后
她便不允许任何人强行朝儿子脑袋里
灌输任何垃圾思想
包括她现在的自己
——这个以妈妈为名义的垃圾

我是她的坟

妻子化疗时
老是胡思乱想
最纠结的问题莫过于
死后埋在哪儿
埋我老家,她觉得
孤单,毕竟我还要继续北漂
暂时不可能回去陪她
埋她老家,又不大可能
嫁出去的姑娘,泼出去的骨灰
在她父母那边,风俗比天大
妻子转过身,低声哭泣
留给我一个光滑的脊背
她说死后连个安身之所都没有
我从背后紧紧抱着她,说
你死之后
我会把你的骨灰盒
随身携带
走到哪就带到哪
妻子转过身,直勾勾地看着我
我知道,在她眼里
我已经变成了一座满脸络腮胡
后蹄儿直立
且能自己移动的坟

七月纪事

(外二首) 吴小虫

所有的事物都指向自身。

你通过奔波,来理解另一件事的
不重要。通过爱情
来否定之前的自我

还是想顺流而下弄扁舟
散发只是灵魂,秃顶也许
真的有些不好看

接下来就是热。

铜元局轻轨到金辉广场8块
有一辆三轮摩托车身贴着——
"空调"

后来我病了,估计暂时不会
好起来

热

大清同治十二年
估计那里凉快,但也是活着没有一点

办法。
人民就光着膀子吃火锅吃火锅

也有女子悄悄将胸带解下
间或用来打调情的情郎

二流子、口眼歪斜
手抓紧时还是一阵严肃

动刀动枪子,一阵狂舞

然后又是坐下来吃火锅吃火锅

美人迟暮之后
世界吹起了空调,还是美的牌的

颠 倒

立秋渐进,江水浑浊
乘车经过,看见她收紧的脊背

我整日地盲目奔波,已成疯魔
入乡且随俗,知止却波浪起伏

精神和肉体上的
却是精神和肉体下的

叹为何不生在另一时空。另一时空
你是一只癞蛤蟆

要保持在秋蝉叫声的水平线上
双眼空洞,随便拿起一本书吃掉了

知道是盲目,盲目却不知道
不是知道,知道不知道盲目

啊这逐渐没有痛感
啊这逐渐没有觉知

思日所得不思日所损
那么我们是走在末路

而亡命徒洋洋得意
他拥有很多个性交伴侣

特别的你

(外二首) 李强

我把女儿许配给你
嫁妆是一棵树
一首诗

你要爱你的女人
像你发过的誓
像你许过的愿
比爱你自己
还多一点
爱我的女儿
你的女人

你要把这棵树栽在院子里
最好靠在窗边

你对它好一点
它会开花的
你对它再好一点
它会一年四季开花的

春季开红花
夏季开蓝花
秋季开黄花
冬季开白花

那么
还有诗呢

你走进院子就读到了
你推开窗子就读到了
你闭上眼睛就读到了

走夜路

在星光下走
在月光下走
在萤光中走
在磷光中走
在洗涤中走
在冥想中走
攥起拳头走
张开双臂走
竖起耳朵走
引吭高歌走
三五成群走
孤身一人走

走夜路
走着走着
见到了光明

波罗的海

这硕大的波萝
这宙斯的杰作
这天鹅、海盗、圣诞老人的故乡

在九月
雪白的帷幕正缓缓落下
珍贵的阳光随微风飘洒
为远行的天鹅、大雁
送上祝福与力量

同样的仁慈
同样的温柔
还赠予了诗丽雅号的疲惫水手
一丝不挂的阿曼达姑娘

我需要一个会修水龙头的男朋友 （外二首） 游金

我就不必每天听水滴落下的声响
如果他还会安装灯管
够力气把衣柜从一个房间移到另一个房间
如果有一个会修水龙头的男朋友
但是他在远方
如果他在这个城市，但他的电话总在占线
如果没有占线，但他睡着了
如果他会修水龙头
也好比理念中的世界
写在纸上的火字
永远烧不起来，永远寒冷
永远滴着叮当响的水滴
如果有一个会修水龙头的男朋友
带着扳手出现在厨房
他将是谁，我们还没有见面
水龙头已经准备好了
水龙头的坏已经妥当
水滴开始漏下来，水滴排着队
两秒钟就滑下一个，它们
是发出的信函
它们，是要义无反顾，永不回头

婚姻生活

冬天来了，为了把小茶馆里间的床铺好
他扛着一捆玉米秸走在大街上
他在街上走着，途中与一个女街坊说了几句荤话
她沉默不语，始终隔着十步远的距离
两双雨鞋把积雪踩得唧唧作响

在将到来的明年里，她会生下一个儿子
这既不是他们知道的，也不是他们不知道的

4月11日的早晨

我在你们的城市。出去散步
那么多道路，无目的地延长
到处是红灯和绿灯，一个接一个
道路一条截断另一条

回来时那只狗仍躺在草坪上晒太阳
我向它微笑，但它根本不理我
它的目光投向我身后的女人

鸟儿无所事事啊在这早晨
低空中它亮开它的腋窝和屁股
我所抱怨的一切它尽收眼底

但它却认为这都非常完美
在这完美之中
在我的头顶之上
鸟儿们放肆地拉屎、交配、唱歌

江畔独步向花人

(组诗) 乔光伟

豹,或蓝

风凉话寒暄,露水飞枝头
从昨夜——
渐暖的烛光中
一只豹,一只辽阔的豹
进入你身体的入口
虽秋风尚小,秋雨尚早,但那些蓝
那些奇妙,已在赶来的路上

你和流水交谈,和蚂蚁蚯蚓交谈
和那些紫木槿、女贞树们交谈
和飞掠过的鸟群交谈,和天空之门后的神谕交谈
但你始终没有说出你的希求,你为自己
留下了那么一点点私心

一切都没有静止下来
秋光渐深,豹子辽阔——

江畔独步向花人

如果把它作为一次假设
那应该是这样的:
一个少年的早晨——
迎着朝霞在飞。
无须把它想象得多么深刻
但确确实实,你正走过那
大片大片的苜蓿地。

雪 后

一场雪肯定不是终结
像我枯涸的眼神,需要
更多的安慰;像一只鸟
在暮晚的雪枝上黯然弹琴

多么轻,多么虚浮
远没有黑暗中一声叹息的深远

姑且抛开江山、大河、辽阔和蔚蓝色
作为一次清醒,一次和解
粉饰主义的一场雪——还远远不够

秋天的早晨

我有所震惊:是它们?那些鸟鸣,那些露珠
那些浆果的气息,春雪的气息,一只幼豹午后醒
　转时的气息
正撬开我昨夜暗重的心事

尘世如迷局。我没有更多的言语
但身体里的少年,已穿过风烟和众多的城池,再
　次
打马回来——矫健且迅疾

阳光如旗。空气里是欣喜
江山
不知觉间,又铺开三千里

这冬日暮色,正唤醒我身体里夏日的海

西风吹遍天涯,时间开启昼夜的大幕
而你多么小——
仿若这西风中渺渺一粒沙

暮色已经靠岸,而你尚在等待渡船

但无论暮色多么大——
这世间总会有对称
你看,你看——我身体里夏日的海

苦斑鸡

（组诗） 李继宗

林 中

斑鸠一身灰衣，只差一点儿，就练成了化功大
 法
甲虫爬行慢，一茎草叶
可提供给它的疆域，形状像地图上的甘肃省
也像宁夏回族自治区

回到昨夜的一场暴雨
电闪雷鸣并没有拍碎蘑菇的决心
它们又挤作一团
它们又在私下里，热热闹闹地向四周扩张

天蓝得蒲公英想飞多高就能飞多高
而开败的桃花像丽人粉泪
而陈旧的接骨木
荆杞，以及一条迂回曲折的小路，却什么都不
 像

南山公园

松鼠和枇杷还是去年的，池鱼还是池鱼
羁鸟还是羁鸟，哪来的旧林呢
去年或者更远
只旧了你我

喝茶
坐在石凳上望你悉堆眼角的笑容
有一次使坏是清晰的，有全部的爱
攥疼过
你今天
戴着结婚钻戒的
清凉手指

是我先喊了疼

在满目苍翠的草地里

西河路

把你出门后遇上的阳光和雨露也分成男女吧
给周围所有的声音加上人间的百家姓后
让我在更繁复的世界上找你
在更多熟悉但陌生的背影中，只拥抱

这一个眼睛俊秀的
穿白裙子的
每天打此地的花坛、垂柳边经过
总要给小广场上来来去去的鸽子喂些零食
被我唤作爱人的，背影

苦斑鸡

关山又下雪了，苦斑鸡的爪子又落在雪地上
朝着空茫处闲散地走去。向东
山顶像身怀绝技的高人，直接与风雪抗衡。
向西，树林有些暗，马鹿和闫家两个乡
有些空。路上没有行人
头顶上更没有鹰隼，一只苦斑鸡
晃动着大鸡冠，正朝着它要去的方向走去

杏 花

杏花开成了头等舱，蜜蜂不知道自己已经远去
而我更为恍惚，这个下午
我将踩坏更多的地埂，和地埂上新长出的
青草，我更愿意揉着眼睛看见
小路上还有一条小路
夕阳里还有一个夕阳，而清新的空气里
还有让一只蜜蜂醉而归的，另一种清新的空气

在山中

(外三首) 陈健南

学会为一只鸟,喂养群山
也学会为一株草,独守春天的一片绿色
我们疯狂地爱上。两手苍苍,握着最后的繁茂
在山中,要竭力听一只野鹿诉说
要给每一朵兀自开着的花,一份名声
给受惊的猎物,一次鸣叫的机会
使它不再躲藏
我们要用一座山的名字,给
那些日落而出的星星,一场庄重的告白

雨停了

雨停了,大多数的雨
在赤裸裸的高空就停了
它们像一场集体性的自杀,纷纷坠下
落在荒原,落在青石板
与麦秆地。那些下得大一点的雨
饱含愤怒
最终没有留下完整的身体
而小雨,使一片叶子得到安抚
雨停了,有人在角落掰着手指
数落下的雨
像数着那些划掉的名字,严肃
而慌张

低 语

山上,羊群低头啃食青草
牧羊人坐在土丘之上
深秋的早晨,天很蓝。阳光照在几棵马尾松树上
我看见几只昆虫蠕动着,它们也像我们一样
寻找食物。
先后飞来了一只,两只或者更多的鸟
站在马尾松树上,摇晃的姿势,如一幅
惶惶危及的城防图。这里,草木仁慈,牛羊低语
野兽从来都是神驯养的孩子

神 庙

再过些年,村里惟一一座神庙
也要搬家了。庙前的木棉花
会一朵一朵地向下落
小豆子可以在庙墙画上
外出务工的父亲肖像了
老人也不再迷信
昨夜丢失的物,与一尊神像有关
再过些年,神庙也会是一厅两室
在陌生的城镇,接受
更多人的朝拜。供品是上等的
穿着一定也是镀金的
想到这,庙堂一截朽木
脱落下来

终南山

（外二首） 左拾遗

喜爱一座山，和它的名字。从唐诗开始
它的春景，它的幽深
它的隐喻
以及，北纬34度、留下的闲笔
小剂量的芬芳，和自以
为是的风光

一个人，在内心慢慢豢养了四十年的
来路或归宿
只为，与一座山见面
拥抱或促膝交谈

到了终南山。"真的，不想走了"
山上的雪花
一片一片，幻如
佛前的蒲团，坐满风声和空相
一个人，向流水问禅
在口语里
露面。过亦官亦隐的生活
进也跳踯，退也沧桑

站在，汉字的风口。一座山，转身
落泪，擦光了
时光的偏旁或纸巾
大地，只剩下
私奔的炊烟
鸟鸣，拖动孤寂的
光芒。今夜，深一行，浅一行，居无定所

流 水

流水，循着内心的铁轨
风驰电掣。一滴水从始发站蓝天白云
到终点站沧海一粟
沿途雷电交加，波澜壮阔

坚持走下坡路。九头牛也拉不回头
一滴水的落魄或精神上的高蹈
惟有在哲人眼里
才露出风声

流水绕过岩石和错误，向前沿渗透的思想
划出一条底线
让两岸，势均力敌

衡山行

江南多雨，一些生词冷语，不食人间
烟火。适合身披蓑衣
头戴斗笠
像竖排的省略号，若隐若现
抄近道、走小路
适合，连夜进山

手扶半亩翠竹，当着拐杖
沿途遇见
每一座道观、庙宇
进去小憩
在云海间，净心、养性
观天象
在回雁峰
给山下发短信。拒绝
或召唤：一世，尘缘未了

此时，心生悬崖。适合，一言不发
彼此懂得，回头是岸
适合清点诸峰
修行悟道；适合只做
祝融山上的衡器
慢慢称量
天地的轻重。也能保持内心的平衡

活 着

(外三首) 诸鑫浩

人世上，总有一张相似的脸替我活着
他得不到我的呼喊，他的心灵传承
我也无从寻觅
我不知道下一步该做的事情
要继续流浪，还是把目光转向大海
从我身体出逃的河流也未有踪影
当我躺下，会有一棵古老的树把天穹支撑
它将暂时支撑我的世界
它隐隐剧颤
等待着雨水，与颜色的狂欢

等 待

晌午，我在草地上枯坐了一个时辰
母亲没来，父亲没来，阿妹也没来
身子懒懒的往草地上一躺
我就嗅到了时光暖烘烘的，麦子的味道

复 活

我褪下我的衣服，我瞧着我和它
不管有没有污迹，有没有恶意
我都得洗净

当我需要的时候，来到山岗躺下
等待秃鹫纯洁的舞蹈
让我的性灵退回大地

杂 记

我的童年，在祖国南部的一个小村子
前些年我总会回去
如今不了，那里被开发
从前茂密的穷人芒果林
已变成高大的建筑群
我们已不是穷人，所以没有穷人快活
我们不过是上下不得的小康家庭
有点小钱而充满了缺钱的空气
我们活得更累，成为活的奴隶
仿佛一辈子都难以脱身
这并非我的生活，亲爱的
现在我被屋子外的蛙声围拢
有点小幸福
但我仍没有工作，像一个没有资格
在聊起童年时，而微笑的人
为什么我们的童年总会被放逐
我们成为一个没有梦的人？

细 碎

（外三首） 苏颜

水仙花开了
他坐在对面

掰出药片，递过水杯
起身，把碗筷一并带进了厨房

有时是披巾，轻轻落在我肩上
有时是散步途中，挡在一侧，抓着我
穿过马路

一个从不关心世界的人
一个讨厌琐碎的人
无来由的
让时日，从一些细碎里
忽然柔软起来

无 端

阳光似锦，花似锦
小微风吹，小微风静悄悄，吹
地心里，温度一寸寸往上升

一瓣花落下
又一瓣花——

下意识伸出的，想要接住的
无端的，疼
又将她缩回来

黄 昏

还是那条街，还是那几栋楼
还是那个路口，还是那个老人牵着狗，紧紧跟在
身后

还是那两排树，还是那些车
还是那些人，迎面走来，又擦身错过了——

如果转过前面那个弯
如果那个场景正好出现

如果此时正好没有刺目的灯光，碎裂的声响
是不是也会有谁会停下来，再等一等，看一看

或者又只是，头也不抬地
扎进了，黑黑的黄昏

给一个不存在的人写诗

在马路边发呆，穿过马路
在树下发呆，看落叶跌撞，挣扎，纷飞
在河边发呆，看无数石子先把自己洗湿
在落日下发呆，看空空长空，无际

总是孤独的那个，在回来
总是寡言的那个，在回来
总是安静的那个，最终
得回来

在厨房里发呆，练习复活术
在沙发里发呆，练习回暖术
在床边发呆，练习安慰术
在一本书里发呆，练习分身术

总是埋头的那个
坐下来
给一个不存在的人写诗

一匹马走过的春天 （外三首） 陌上寒烟

多么宁静啊
除了看不见的雨水
草木没完没了地生长
小兽奔跑着掠过新鲜的光线
碧溪用来安放游鱼
春山在水墨下被反复渲染
我站在高高的山顶，眺望远方
柔软的风吹着长发
一匹马走过的春天
有着不为人知的孤单

傍　晚

车辇慢下来
暮色中，一小片金箔，在老榆树
的枝丫上——
一只枯叶蝶。展翅而飞

溪水在脚下打滑，青草
漫过山坡

沿着古木，向上攀爬的牵牛花
星星一溜出来，就闭上
一只只小耳朵

秋　日

我喜欢就这样坐在林子间
静静地想你
光线是暗淡的
画面也是

新绽的小野菊在左边，青苔在右边
风轻轻吹过来
一只鸟儿弹动琴弦……

我静静地忍耐着
不发出声音
天空阴郁得就要下雨了

白　露

鸟儿先于我找到林子
霜叶似火
一再加重的寒意，让流云的
脚步湍急

野草走在逃亡的路上，衣衫破败
千金的家书，高过风声
高过奔跑的马蹄

一年年，谁望断了南飞的大雁
谁又在异乡
不忍看
青荷凋零于朱耷的残笔

实力诗人
STRENGTH POET

蒋志武
陈广德
曹树莹
西野
王天武
刘剑
远心
曾瀑
衣米一
天界

蒋志武 的诗

JIANG ZHI WU

在我的南方

异地，光束靠拢
我靠一把锉刀杀死了自己的国王
在南方，凹陷的地方
沙粒曾经飞扬，现在刚好用来储存命运

月亮和歌手，谁会离活着更近一些？
在我的，南方
我将以七月的凌厉来反衬我的悲伤
雨会降下来，作为自己的轨道
不受方位局限的南方，街道的尽头
会有一个紧闭的窗子先死去

在我的南方，水睡在下水道中
尽管我挥霍了时间，粉饰了信仰
但心永远无罪，母亲，将与时间并存
在南方，我接受了命运的赞颂和轻视
并拼命珍藏着自己破碎的那小部分

肖　像

沙漠中，无数的沙子聚在一起
它们冷漠，所以甩掉了很多包袱
而我并不反对齿轮包围好的光环
肖像挂在玻璃上，空荡荡的
如果在早晨，雾气很浓的时候
你会听到肖像的呼吸，脸上有震惊的涟漪

这哭泣，在人世间会有多少相似的疼痛
把我镶嵌在墙上，粗壮的鼻梁
仍会呼吸缤纷的粉末，离我很远的事物
尽管我不能知晓它的漏洞，但我不会被麻痹
也不会被利用

所有的肖像都想在素描中变得真实
当死亡携带着新鲜的肉身穿过摇摆的时间
一个肖像就是一幅时间的蓝图
我们现在在尘世中收集眼泪和汗水
就是希望在死后
肖像还能活在世界上哭泣和劳作

一束死去的光芒

咒语腐蚀着生活中的桌椅，镜子
命运的底部轮廓依次出现变换的颜色
南方的木马旋转着，上面的母子平安
我释放着旋律规则的歌曲
心中有一种强烈的欲望，如回到明亮的灯光下
看我夹在熙攘的人间，让心感知破碎

一切都是刚刚好，枯叶燃起大火
光明中影子为我守护灵魂
而在漆黑的路途中，影子化成了黑暗
没有什么可以再去埋怨，花瓶的瘦颈上
一只干瘪的麻雀，一束死去的光芒

最后，他手掌中出现的奇妙的蜈蚣
那一百条粗粝的步足被置于椭圆的运动中
两枚被加工的果核开放在淡绿的球体上
生活呈现真正的红晕，我想要的
谁能变出来给我

无力的宇宙是有罪的

梦境深陷于无边的宽广
无力的宽广无法限制我的自由
我是时间的宠儿,被它精心雕刻到死
并撕裂灵魂战栗后的最后一击

在浩瀚的宇宙里,物质呈现出不规则的窘迫
翅膀和爪子相互配合,没有限度的废墟
美好是无力的,被历史折磨的城墙
将跌落于单独的夜晚,虫洞无罪
因为它比我们死得更黑暗,冻僵的光年
尺度将得到约束

无力的宇宙是有罪的,轨道正在修正
带有雷电的星星,敲响疯狂的钟
我不时仰望头顶上的蜘蛛网
它们密布得像灰烬
也像守株待兔的宇宙星云

我对生活一无所知

诗歌再一次糊弄了我,无限的空间
蜘蛛却固执地织网
而百合渗出的水,在清晨蒸发不见
放空自己,生活大抵如此明净
命运的螺丝紧固下一次咬合
我在世间以诱人的姿态活着

火焰,令人陶醉,而灵魂使我轻盈
在毁灭的内部,一种空的状态呈现出来
连接外部的舌头,欲望在我的头颅中呼啸
生活,宽广的乌云,在乌云的更高处
一条铮亮的光带,是未知之光

我对生活一无所知
诗歌的出口像生活的出口,被命运
牢系的骨头等待一把刀来剔骨
明天,不可见的太阳正在夜晚的阴暗处
酝酿一次高昂的跌落,生活啊,青黄不接
高亢的枝叶落入了银河

我读到要杀死我的那部分

在夜晚的裂缝中豪饮
酒杯就此发出哀嚎,事实上
越透明的酒杯,越害怕放纵的饮者
大抵命运就是如此,你思考得越多
生活中出现的烦恼就越充满敌意

蜘蛛和蝙蝠的天空,它们不朽的技术
在有限的空间里编织无限的未来
世界如果握在它们手中,我将会为此献出
紧固的肉身
和我多次迷路的孩子般的心

前半生,就这么紧凑地过来了
像在一条小桥上走路,左手和右手始终在维持
身体的平衡,而后半生呢,希望简单,仁义
并加快语速,不要与命运一损俱损
如果能读到那强烈要杀死我的那部分
该有多好,可以早一点摸到胸口的
哪一根肋骨会提前断裂

前方的云朵

前方云朵静止,在高空
它精致得不可触摸
小时候,我害怕天上的云不经意会掉下来
砸到我的头顶
后来发现云都化成了雨
山上,屋顶,到处都是它们的领地

在南方,高耸的建筑物直插云霄
此刻的云朵会结团,它们抱着
或被建筑的顶尖刺破,又被飞机的轰隆声驱赶
漂浮的命运,会比沉入大地的泥土更高远吗?
是的,高空给我想象的地狱
前方的云,变成了乌团

雨,落下来,打在街道上
它们从裂缝或斜坡中流向了远方
曾经高高在上,现在却在低处小心翼翼地撤退

至少，我这个在异乡被雨水淋透的人
不是你们的好归宿，我的衣服吸水
我的命也吸水

夕阳下的倾诉

夕阳下，树根的虬枝盘紧时间之轴
活跃了一天的水平静下来
云层的底部，滑过天空的十字架
仍背负人类的哀求和苦难
我不时张望，掌握一片云的最后归化
及太阳落下山去的完美抖动

谁改变了今天的节奏，山峰隐退了它的轮廓
红尾鸟巨大的翅膀拍打海面红色的光亮
终结者身扛巨浪，居然碰到了时间
夕阳，倦鸟在我身体深处，窃窃私语
哦，这昙花一现的美妙之物
诗歌，即将为我们沉默

活着，还有什么没有倾诉？
鹰在夕阳下飞了出去，并穿透了我的心
如果它不含半点欲望
我就无法确定它在天空的位置

还是在夜里睡着舒服

中午，碎石打乱了湖水的秩序
而湖中，蜻蜓的幼虫慢慢移动着影子
我们的影子也正从四方八面赶来
都聚集在时间的中央
白天，大货车与交通作对，爬行的钢
早已看穿地面，幽灵们游荡
如果能正眼看到对方，那么这样的时段
不适合睡眠，以及分拣人类的悲伤

我数落时间的时候，破布已经升起
岸上草鱼，弹跳，当你把鱼握在手中
你的手将闪耀着黏液，跳上伞顶的鸟
只有收拢伞架，才能看到它们模糊的面孔
在黑暗中劈开一张纸更容易听到响声
白天，一面富有象征意义的旗帜
正紧张地活着

还是夜里睡得舒服，可以逃避疏散
可以在一道关闭的门缝中偷窥世界的假象
听诊器在前胸时，有时沉默，有时跳动
这世界充满了我钟爱的被遗弃的怪物
夜里睡着舒服
只是敲击声的弹跳能力更加猥琐

谁会在乎你的家

在城市边缘，我看见一个扛梯子的人
梯子的四只脚，上两只靠墙，下两只着地
蜘蛛网错综复杂，将墙壁连在一起
灯光在昏暗的屋檐下伸出了它光的触角
如果你不大声说话
就不会有人在意你的信息

今天的路人，都只吐出了一小节舌头
在台阶上，我要找到盛水的容器
以及扫把下隐匿的灰烬的阴影
那包围着烈火的长发
让这门槛活跃着，我不断地进出一道门
来探视，怀念以前的邻居
以及一年前来访的亲人
谁会在乎你的家？宇宙就要荒芜
在城市的边缘，我过着自己的生活
呼吸，继续等待一个人来敲门

陈广德 的诗

CHEN GUANG DE

那一场雨：带着旋律

如同那些蹲下又站起来的文字。
轰隆隆而来的
时候，才发现——该斟酌的，
还在河边，
那只蜻蜓的复眼里。

暗影披上了白纱。我无心宛转
那些草的圆周，
而让水雾的脚踝抬高。圈圈水纹，
如同去年的诗意，
都随此时看不见的日月
流走。手机的铃声，等来了
与雨点不一样的旋律。

这雨来的是时候么？有人
在听雨的小巷
梦见了花开。老桥通灵，
可以消弭万古烟云——
我翘首，
看见了在桥上的你

——有晶莹，从伞沿走上桥栏，
把隐匿在石头中的文字，
浸透。唤醒。又齐刷刷地
荡开一河涟漪。

中秋夜，一些涛声

夜色退了一步。一江羽毛
在飞走之前，让水面坠落了
一些涛声。

怀了八个半月的明镜，盛满了
所有的空旷。此时的
目光，在浓浓的善意里开花，
一些记忆，
有了绿叶的形状。

从远方归来的亲人，是涌入的
枝条。树的摇曳，如同
拥抱的手臂。

鼾声响。有人梦见了水中
浮起的青山，无腮，
一样能让幸福像乳房般
拱起——

一样能让涛声在凝视中呼出。

淡去，醒着的草

在一种貌似聊天的鸣叫里，
把树叶归还给树。我在
苍穹的缝隙中，看不到风的
擦痕。

岸边的青翠揽过一些涛声，
江水在远处回旋。有些飘飘的
衣袂顺从天空的后退，
没有谁挡得住疾驰的马蹄。

我在一些淡去的往事中淡去，
那曾经走动着的瞌睡，
据说是喂养了醒着的草，枯了，

自己还浑然不觉。

山坡的坐姿还在,还在
目空一切。枝头上善意的
提醒,依然是风——
没有下山的意思呢。

没有化蝶的意思呢——全然
没有微辞了,如我……

望月,有一粒露水

手握一卷书。我听见汉字中的
五万里
苍茫,在静夜里起身,
在能够透过星星的寒窗里,
点燃一盏灯。

——所有的光,把这片辽阔
看作自己的来世,或明,
或暗,澄澈了一些事物的急,
青砖裸露方正。

树梢上的溪流挂在了
声音还不能挂住的檐角。
很多草芥,
在向往中发芽,抽叶
或者凋零。

空旷是此时被绽放的富贵。
有一粒露水,打击了
在山林的折叠中喑哑的喉咙。

我还是抬起头来,站在
最远的
距离留下的,最近的影子中。

钟声,吐露了叶子

他在足够多的良辰里独眠。
又常常在梦里
把自己推上悬崖。那把古琴

吐露了叶子,守护它的
小兽沿着回眸,开出垂泪的
长势。

他是散场之后留下来看院子的。
他清楚事物的更迭。
胸前的伤口盛满夏春,冬秋,
以及角落里的杂草。
也喜欢花瓣在黑发上的
逗留。

那些阴影,是等待认领的
月光。最平坦的雪,
是化了妆的沟壑。起风时的
狂乱,也许是
得益于平静。不要问,
藏在书页里的蝴蝶的前世,
有人会突然跪下,
说听见了——
"洋洋兮若江河"……

他回到内部,常常惊醒了
孤寂,又常常在睡着了的时候,
被孤寂惊醒。

口琴,一种伸展

我在月光里的最后一点伤疤,被你
用毡房的方格,揉搓得
有些动人。一个看似寂寥的婚礼,
已被这动人填满。
那列可以驶向远方的火车,因此
就有了一步三叹。

一把口琴。一把在立下盟誓的岁月
舒展枝叶的口琴。阳光。
食粮。都被你用来容纳一些
重逢的歉意,和恋情。

先前的沉重似乎得到了安慰。
多么像春风,
吹开了凝固的皱纹。小河淌水。
河水拖着许多

沉默的事物，在琴声里，掀起
一种天高地远的伸展。

后来你就清澈了。清澈得有些
悠扬。一缕一缕，
在弄碎它的一小块呼吸里，有我
用双手握着的一张车票。

夜雨，有些急

来得有些急。来时的路上把一片黑
当作散步的乌鸦，浇就浇了，
冲不走的忧伤，留在一些诗里。
隔窗望夜空，
那人的絮语点不亮星星，
滴滴答答的眸子，藏不住
一星点秘密。

内心的和解演变成不断线的奢侈，
甚至越过了
一圈圈有着细嗓的涟漪。
会飞的树叶带着水袖，把一些
表达带过了边界，抖落
隐藏的皈依。那飘摇而去的，
是没有成熟的梦，和长在梦里的
一些旋律。

——有什么在重回梢头，就像
有什么会折断一样。渐渐
亮起来的时空，用房檐对清新的
理解，让曾经斜卧过的风月，
零落成水滴。

回声，在枝条上

在画面之外，有一句惊飞的
鸟啼。就像在节外生的
枝，把流岚，
转换成发青的夜色。

向上的耳朵，收集
不可攀援的
天籁，和返璞归真的民谣。
打不开的深邃，
围拢过来，用枝条上的
思索，酿酒。

用失而复得的童年的记忆，
扎制发亮的热爱，也
顺便让高远牵引出，一层层
回声。

中秋，夜

我难以置喙的一种敦厚是中秋夜。
我温暖。迟疑的墨用发亮的
空旷缭绕过的音响，
在风的身世被花开的香气遮蔽
之后，一言不发。

一言不发的，还有那顶圆圆的
如同果实的草帽。

因此有心清气爽被淡淡的茶色
浸透。我端坐在茶叶之上，
听一万里水声，引诱
寂寥在不同的高度抽出穗来，
或沉，或浮，
抚慰可以收割的宝石般的
晶莹。

一不小心，我的那声咳嗽，
恍若流星。

曹树莹的诗

CAO SHU YING

白 桦

白桦与别的树有些不同
身上长着一只只眼睛
这些眼睛睁开着
却是失明的

很多人并不知道这个常识
总不能面对白桦的凝视
白桦看到的不是表层
而是内心　许多的丛林和沼泽

是的　白桦不是睁眼瞎
它什么都能看得见
它的后脑勺子都长着眼睛
你想想自己　为什么

常常冷得打颤

茶

不是风在跑
是深山里的树在呼啸
每片叶子箭镞般射向山顶
底下的失地等一会儿再来收复
所有的侦察正在悄然地展开
隐蔽的丛林骤然腾起芬芳的炸弹
所有的紧张不如伸开紧握的巴掌
自觉地互相比对吧
如果不能伸直的
肯定是奸细

放倒一个人比放倒一棵树容易

这要从我们习惯于说谎谈起
说谎是我们这个时代的主要特征
说谎可以不必脸红　尽管颠倒黑白
谎言乃是晋爵的阶梯
只有傻子说出真相
所有坦白的人无不身陷囹圄
谎言成为当下的试金石
说谎者昌　诚实者亡
遍地的谎言已高过了城墙
懂得愧疚的人偏在一隅
不知羞耻的人趁火打劫
所以刀砍下来
砍倒一个人很容易
砍倒一棵树却要费劲
被砍的人不说一句话就倒了
被砍的树却要调侃
你有本事砍倒一棵树
可能砍倒一片森林？

好大的风

世上没有无缘无故的风
我正看到这一行
风就来了　用无聊的手
翻乱了我的书页
我立即关好所有的门窗
看外面草木狂舞
它们呈一边倒的状态
似洪水正在洗劫它们
很多垃圾不甘寂寞
乘风而上　落叶在空中再次相逢
纸屑说出过时的密码
沙尘布满天空

仿佛天要黑了
我书桌上的唐三彩却放出光芒
这是一尊文官俑
当四周浮动呈现出不安
它不卑不亢　坦然自若

毁　灭

乡村公路的兴衰是这个时代的晴雨表
曾经那么萧条　那么窄小
后来赶上丰碑的岁月
公路两边全是干活的农民
路一次次拓宽
心情比大路还要舒坦
后来风向突然转变
庄稼地里就空空荡荡
路上也长满了荆棘
农民去了另一次战役
城市被包围得水泄不通
我当然也不例外
脚上的泥刚刚洗掉
就不说乡里的话了
我要学城里人
做一个没有土话俚语的城里人

江水还在流

那时的北风正紧
江水缩成一根肠子的模样
偌大的朝廷堵塞了
进谏的刀子还在路上
权贵就已感到了末日

而汨罗江正在等着他
不见鱼鹰　也不见打鱼人
江水看上去有些冷
有些哆嗦
三闾大夫纵身的那一刻
是一根锐利的箭
在空中穿行
至今没有落地

所以风声鹤唳
所以江水长发披散
都在路上
天下总不是恶的天下
写诗的人与读诗的人正在
相逢　就像干柴遇见烈火
所有的冰无处可逃

轮回是有的
那要看各自的韧性
被雪压弯是一回事
用雪擦身是另一回事

今天适合于谈谈天气

今天与往日有什么不同
我看见湖水是清的　清得
让我看见了一个古老王朝的底

天空晴朗气温却有点低
肯定不适于游泳
我们都别去涉水
最近常有谁谁谁落水的新闻

谈谈天气很好哇
可避免晚餐时家里突然少了人
什么样的河流值得你用命去搏
什么样的岸值得你拿骨头去建

所有的呐喊早被流水淹没了
河水在深度中只捧出了粽子
那么多人啊那么多粽子
那是不愿把祖国付之东流的人民

没完没了的雨

天不亮时就开始下雨
吃完早餐竟然还没停
门口的树洗去了多日的灰尘
也洗绿了我一团的忧郁
今天我怎么出门呢
到处湿漉漉的

地上像泼了一层油
昨天晴朗　乾坤干燥
我都摔了一跤
更何况今天呢
我是一个上了年纪的人
骨头容易粉碎
既然每一步都充满危险
那还出门干什么
为什么非要拉断自己的琴弦呢
柔媚的瓷瓶在堂前一动不动

今天我早早地醒来

要是往日　现在我也还在昏睡
为什么今天我却早早地醒来
踩着遍地可疑而又透白的曙光
我走向空无一人的街头

所有的门窗都是紧闭的
我也是这样的　我今天终于
憋醒了　我在这个还未到来的早晨
早早地打开了迫切需要呼吸的门窗

可是哪里有你需要的风呢
空气凝固成一块铁板
我们连河里的鱼都不如
它们还可以将嘴露出水面透气

我不满足于写一首诗扔向人群
干脆站在大街　仿佛一场革命
我的叫喊完全可以穿透这个城市
然而只有我听到了自己的呼叫

我终于再次叫醒了自己
刚才的梦使得我大汗淋漓

日子重复着

日子重复着日子
就像一首诗
遗弃了不完美的事物
只剩下抒情的部分

每一片水域
尽管流向不同
但太阳都乐意卧在水里
一律享受着晃晃荡荡的待遇

你在这样的日子
射出过自己的光芒
你的生活定是轻柔的
本身的闪耀犹如宝石

每个微小欢乐的日子
推动了一个又一个春天
当然也有特别的严冬
我们没有办法逃离那样的季节

西野 的诗

XI YE

黄昏赋

是时候了。你看那土壤深处的星辰
最孤独的那一颗
最是籽粒饱满,美艳无比
甚至已经能够清楚地听见
它苍茫夜色的皮肤下
蓝宝石的心跳

北斗星正从虎背上渐次醒来
有人从黄昏出发
一次又一次走向那无人之地
走向群鸟播种律令的黄昏
倾听者倾听风暴,亦是走漏风声的黄昏

是时候打开黄昏的卷宗了
当你说到念旧的月亮
小心地举出了飘摇不定的火烛
我的眼中正风影清唱,万象汹涌
黑色的鸟群正漫天飞舞,飞舞
仿佛命运无限旋转的幻梦

镜中辞

时光的镜中,是谁还在顾影自怜
不能自已。盯得过久了
镜子就越发娇羞,妩媚
这让她想起曾经做过的一个梦——
那时春水还暖。风尚未起
有人临溪照花,抱鹤入眠
像怀拥隐约秀美的时光魔法师

多年以后,她才明白——
一面镜子爱上的
可能只是另一面镜子
而多年以后
那一溪流水仍静美如初,固执如初
仍还在这沟壑丛生,语无伦次的镜子里
悄无声息地流淌

关于月亮与海的修辞

海上的月亮照耀珠光宝气的豹子
也照耀家徒四壁的毛驴
月亮下的海运送旧病,也运送欢愉

有时,月亮下的海
像眷侣制造的陷阱和风暴
而海上的月亮
又像藏身梦里的芬芳和脸庞

有时,月亮下的海会伤心
就吹一把月光铜号
号声清明,照亮人间暗夜
有时多情,就骑一匹云中白马
寻找遗失多年之人

而有时,海上的月亮也孤独,就流泪
泪水流啊流,就流成了海
有时身子虚弱,易患疾
有人不幸被染,从此再也无药可医

冬夜读雪

大雪铺陈,他耳朵紧贴大地的墙壁

实力诗人

册页散落一地,像蝴蝶的
叹息。读吧,读吧
把这一场漫天风雪
带入孤独的大海之梦
带进杯底旋转的花园
然后,合上经卷——
他甩掉子夜的肉身与凡胎
换上了大雪的骨头
此刻,一个癫僧正在平原上
一路狂奔

旧 事

那时暮霭正拖着长长的身影
从山头低低飞过
山顶是厚厚的积雪
终年一语不发
山上驻扎各色林木
这些土著信仰殊异,肤色斑驳
无风时它们有如经卷一般静默
起风的傍晚,它们中的一些
会睁开月亮的眼睛
摇醒部落的耳朵

这个时候林间所有的脚印就会复活
有的长出羽翼,有的生出鳞甲
而河流,有一些复习心事
一些重温旧梦,另一些浣洗云朵
再过片刻,夜晚的海潮就会退去
苍山将一一浮出水面
这样的时刻,我打人间经过
去往山中,顺道拜访一场
久违的大雪

猎人手记

当一支黑色响箭穿过寂静的密林
旷野中盛开的野菊正轻轻燃烧
九天之上,但见黑鹰久久盘旋
恰似一座铜钟静默,悬于高空

而人间秋声喧哗,虫豸相依为命

月光之下,有人在挖掘梦之陷阱
哦!你看那小兽正在梳理月光的绒毛
——一路追寻,已是多少青春荒芜

当我终于踏上这食梦之兽年迈的孤旅
一睹它失传已久的芳容
那浪迹天涯的小兽
突然之间,化为一场大雪的遁词
瞬间就藏身梦之旷野一群蝴蝶的曼舞
从此它的踪迹再也辨认不出……

旋律:镜中之雪在轻轻燃烧

他在火焰里整理灰烬的歌谣
在灰烬的时光里复原火焰的舞蹈
渐次展开的寂静里
传来旋律燃烧的声音
黑白分明的琴键上
跨过十匹黑马,十个猎手
众镜互照,众鸟高飞
声音的魔术师在清点道具和回忆
这个时候,小兽适合在旷野熟睡
像镜中之雪轻轻燃烧

星群的暴动

整个夜晚,都能听见天空深处
那沉重的脚步,艰难的呼吸
乌云缠绕的密林里
一只神秘之眼仿佛一闪而过
那只独角兽一定关押在
月亮陈旧的身体里吗
有一刻我终于忍不住
打开了沉默已久的窗户
却无意中看见了时光
死去多年的漏洞,和另一场星群
璀璨无比的暴动

屋顶上的花园

遥远的星辰,水仙的倒影

黄昏的尽头永无止境的大海
无限旋转的楼梯。令人眩晕的
寺庙。无声的泉眼悬于苍穹

倦游者肩挑一担时光
返回陈旧的人间
抱残守缺的人,还在空守长夜
像守着一座花园苦等灵魂出窍

当众人熟睡,枯坐屋顶的人
生来怀旧的园丁
顺手取下挂在身体里的乐器
轻轻奏出了月亮的心跳
花丛中失眠的笛音,和梦之旅程
一座铜钟的律令

霜钟令

薄暮时分。负琴者正轻涉流水
背负苍穹。仿佛那一粒孤飞的云雀
正侧身穿过旷野——
梦之旷野,藏着野花叠好的秘密
亦藏着小兽的忧郁,所谓往事
或者只是风在重复表达

这一刻,是谁点亮云中之灯
这一刻,又是谁轻启夜色之门
"素月轻覆霜钟兮,不惹尘埃
律令如雷兮,星辰自在"

正当此时,神秘的歌声像婴儿的婉啼
渐次升起。趋于沉默。趋于透明

正当此时,往事一般的弯月
突然闪出旋律的锋刃
或许有人正在雕刻风暴
且看那梦里倏忽闪过,白银的面孔

玫瑰之卷宗

梦见玫瑰,就让玫瑰继续绽放
一如梦见时间——

这孤独的号手,就让它继续吹
飞扬跋扈当如风行少年
吹灭意义之灯
吹亮厚厚的冰层下
安静的鱼群。吹开折叠的雨声
冥想中信札蓝色的骨头

那风继续吹。吹我如焦芽败种
吹醒一座空城,濒临失守
王子出神。而子夜传来
阵阵罂粟的歌声

你听那旋律摇晃,如苍穹跛足之云
大鸟空守魅影。花朵正清点受难时辰
而那神秘的星辰一再闪现
仿佛古老的敌意,怀抱玫瑰之卷宗

王天武 的诗

WANG TIAN WU

为了爱你

为了爱你，
我做了伤害爱的事。
因为爱总是被不爱替代。
因为笼中鸟儿也会唱出金子般的音符。
因为我们惩罚自己就像还原自己。
因为我们都失去了前半生。
因为猫比我们更懂得最高指示，
如果无所事事我就不会有错误。
生命在最该发热时突然冷却了。
就像热水管道，经过漫长的三个季度的荒凉，
在本该爱你的时候我一直在荒废，
在你脸上有让人不忍直视的破败时
我突然想到爱你。

喜悦的圆圈

一棵树的影子
伸到另一个坑里，像一个幻觉中的人
站在原地，要去拥抱另一个幻觉中的人，
而不管它有多少虚无。我就是这样拥抱你的滋
  味的。
我抱着你的滋味，像在夏天抱着一个雪球，
一点点融化在我心里。
想到我抱着你，呼唤你的名字，
我就觉得这世界很辽阔很辽阔。
我把自己放进了一个喜悦的圆圈。

雨　诗

我想起一个雨天，
在街上，艾伦在他淋湿的衣服里走着。
他的脸在便帽下面。
雨水顺着帽檐向下滴落，溅到其他水里，
他走进人群。
有很多雨水从他的帽檐向下流，
经过他的衣服、皮肤，
汇入他脚下的河流，这时他已经和世界不分彼此。
他走着，有别于雨水的样子，
用他后来回忆的样子。

像驴一样写诗，但具有兔子的灵性

只为这世界还被爱。
还有人爱你的雀斑。
还有人爱你的大眼睛和厚嘴唇。
还有人爱你，比爱别人更强烈。
就像爱完美，爱意外，爱缺憾。
因为爱和恨连着，就像收音机和电台，
就像很高的天花板和蜘蛛，
就像几块小骨头和母亲。
我搂着她的骨灰盒，一种红色的木头。
人生最后平庸的最好见证。
它的颜色，看起来像悔恨。

小语种的使用者们

如果你对世界一无所知
你就能保持那种好奇
你会奇怪为何是影子跟着我们
如果把我们的思想给影子
像这国家做着的，把一切集中向权力
你发现一根手指就能代替我
一根手指上甚至有笑容有哭声有聚散

如果你喜欢魔幻,卡夫卡
你也许能写诗,你只要跟随影子

你问我什么是地狱

微信就是。所有夸张的鬼在里面
好像都经过油炸。
你在停过吉尔伯特的尸体的世界开派对。
在艾米莉喜欢的草地上恋爱。
微风好像导游,把你引领向波德莱尔。
你写诗,觉得你已经很丰富了,
你能表达孤独,不妥协。
我也是这样。
可是不妥协我能活到现在吗?
我一直在妥协,因为我知道灵魂只是伪装。

中　心

如果有一个世界中心,
就是我对她的爱,没有爱时,
我听到鸟鸣。然而现在
这里只剩下一些老人。
国家在骄傲的新和难以想象的旧中,
像一只老公鸡在清晨时打鸣。
我听着他的声音,沏了一杯茶。
想到好句子时,因为聚精会神,
烟把桌子烫了三次。
终于完成了。
我喜欢小路。我喜欢在她的
心里散步而她并不知晓。
一个虚幻的爱的建立胜于没有爱。
我把爱向她传递而她感到
风里似乎有微笑。

早晨的波德莱尔

早晨他写好一首诗,
傍晚时就不要了。或者说,
那首诗安静地被放进遗忘。
他开始喝茶,想象有什么在跨越。
有一万个词在那首诗里拥抱。

群情激昂。啊!拍着自己的老肚皮,
再度放松,想起波德莱尔的两句诗:
当诗人奉了最高权威的谕旨,
出现在这充满了苦闷的世间。

给阿俊

你的诗我读了。
伴着秋天的雨,好像他们也在读。
他们能读什么呢?
人怎么活?和雨的区别?
人不是一个一个下着。
人的感情不晶莹,像他们的思想。
每当他们有羁绊,他们会诅咒,
而不是保持原来的声音,
好像他们手里就握着诅咒。

我们碰不到熟悉的雨滴。
不会碰到去年的雨了。
大连的雨和阜新的雨也不会相遇。
雨是一匹奔跑的马在瞬间解体。

人们用力交谈时,已消耗殆尽

也许有一天,我像往日一样离开,
什么事也不会发生,
但是我不再回来了,
一片虚空,把我收留。

我在一棵树下写诗,
像往日一样,只是比往日清晰,
不急于写下一首,写给谁。

我写在秘密里,而那秘密
在人们用力交谈时,已消耗殆尽。

通　道

我看见一个人在这世界上旅行,
其他的都是幻觉。
一个幻觉到来,另一个幻觉离开,

河流上生灵像被孤立过。
一些河流，小心退回它自己的旋涡中，
那里有一个通道。

假装拥有他

只是为了欢乐。
作为一个有神论者，内心有严谨性。
语言是沙滩。
你在沙滩上建筑，在无形的美中。
你比划着一座塔，
如何在塔顶发现猫，
在流浪汉的祈祷中发现无奈，
在七月，生机勃勃的树叶间被光影支离。
你虚构的齐纳抱着你。
这世界是临时的，
你不在它们就不在。
但为了无聊编写操作指南，
假装拥有他。

诗

他们认为分行就是诗。
他们每天洋洋自得，不断打自己耳光。
如果放肆、简单就能抵达，
像布考斯基，在快感中分析孤独，
在孤独中每天喝醉。
又一次，他摸着自己的肚皮，
翩翩起舞于他幻想的世界。
头发在酒里，而酒在女人身上。
然而昨天我梦到马尔克斯，
宋朝时的笔记，我读过蒲松龄的书，
知道有一个丰富的世界，
像女孩手中的苹果，
月亮的孤单。
像他们那样写诗。
每个词语都因为自身的丰富颤抖，
它居然可以是，也可以说不是，
还可以让使用者哭或者笑，
或者像金辉坐在办公桌后，为每一个字坚持。

他的世纪

现在他生活在晚年
那像一个小站，昏暗而平静
在金箔和闪光的饰物中
他感到，他麻痹的右手没有一点希望了
他右边的身体把残疾模仿得那样逼真
他想起他写诗的样子
已做不到简洁
就像他的咕哝，嘴里含着一口粥
而那口粥就是他的宇宙，他的世纪

清晨就开始无所事事

清晨就开始无所事事，我知道没什么别的法子。
我可能愚钝。
我可能分不清，
梦中的那只鸟会不会给我现实。
我可以每一天都走向精神病院。
因为我的灵魂打了卷，因为每个人
都是查尔斯·兰姆和他的姐姐。
他们的泪水流下来，
冲垮了一些东西。

因为我的命就在那儿，
看起来没什么别的用。

刘剑 的诗
LIU JIAN

倒影刊

花儿和鱼儿　在这悲悯的时代
总向着一个方向飞
把振动着翅膀的鸟儿
抛到了身后

无数崭新的树叶
在河流的源头随风起舞
青苔在密林深处游荡
它已找不回来路

月光在摇曳
众人的屋顶覆盖着青青的草原
牛在月光下反刍
而我的帆船已升入虚幻的云间

这悲悯的时代啊
我在空中垂直的身影
却寻觅不到一只属于我的鸟儿
和那朵小小的蔷薇

我在稀薄的空气中挣扎
留恋于一只失去双翅的海鸥
我难道要与她一起沉浮
水带着涩涩的苦漫越头顶

红　日

月光映印着我倒垂的身影
所有的山峰皆时光倒悬
所有的植物皆向海的方向生长

葡萄的藤蔓缠住我探寻的眼睛
山涧自下而上
它要注满树根　草根和石缝
来吧　春天的河流
毋需徘徊　毋需彷徨

我的身体结满碧绿的海藻
暗礁涌现　船儿荡漾的声音
在海面传播　波浪涤荡着礁崖
沉沉的黑夜一如这沉沉的岁月

星辰与船儿一起隐去
人们盘踞屋顶
在等待着一轮红日
红日啊红日
我已嗅到了你淡淡的暗香

黎　明

我依附于海的女儿
拜倒在她的裙裾之下
我的神经变得脆弱
并失去了意志
情欲牢牢地掌控着我
使我忘记了海洋的浩瀚
和沙漠的晨曦

昨夜的吻痕　像一个魔咒
她在不知不觉的静谧中
让我失去了灵魂
我还活着　但已失去了活着的意义

幸好我的双眼还在饱含着泪水

还有一些火焰的灰烬
灰烬是复燃的材料
是一切可以萌芽的物质

一只承载光明的舟子在等候
啊　茫茫的海上
我麻木的头颅仿佛隐约地听到
大海深处的呼唤
在撞破黎明

平　静

黎明到来　一切的喧嚣归于平静
舟子无论漂泊在何方
都会承载着花朵

我挣脱于蒙昧岁月的枷锁
复苏于荒野
我曾麻木　冷漠　并死亡过
我的复活得益于舟子和阳光
得益于蔚蓝色的大海
给我带来的永久性的渴望

激情重新燃起
那跌破山崖的波浪
总会重新聚集　重新积蓄力量
以排山倒海之势
再一次激活我的思想
让丰沛的甘霖浇灌我的沃土

太阳升起　天地万物相互交融
草原越过荒漠
大海让新松斑驳如鳞
鱼鳍被枯树占用
对于海的女儿　我心存感念
她不再占据我的灵魂和肉体

生　命

心灵簇拥着生命的篝火
如海鸥之于波浪
山谷之于云海。波浪逃离

如朝阳逃离了清晨的山脊
云海消散。山谷重又静谧
像一个更加清新的情人

我无法挽留的生命的轨迹
从这里冉冉升起。那样的温馨
但它仍在一大截一大截地消逝
我们无法抗拒的生命的序曲

万物静默如谜　我内心的审慎
已属于高山仰止
白昼陷落　夜幕降临　众鸟归巢

心灵簇拥的生命的篝火
更加不可遏制
但我必须以冷峻的理性
来节制那魔咒般的本能

像飞鸟划过碧空　而啁啾声留下
譬如朝露。对树叶作一次行云流水般的飘逸
飘逸如一阵清风
掠过山坡。掠过我们栖居的树林

梦　幻

我的如梦幻般的世界
我拥有更多的河流和湖泊
拥有高山和大海的身影

一棵花的种子　在我的窗台上发芽
燕子回时　我弃岸登舟　游历江河
时光的眼睛关注着我
倘若仍记得所有的事物

我切开了发黄的记忆
像切开一颗橙子

我的呼喊穿透长夜
我的歌声使大海飘零
我选择的人生历程
散落在斑驳的山径

我在凹凸不平的形态中　触摸沧桑

它掩饰着象形的符号
并把梦幻的希望 化作一阵风雨

风雨拉长了脸 像一个嗔怒的怨妇
这不可遏制

但它仍然怀有希望
怀有希望的风雨 将长夜冲刷一空
多么幽蓝的天空

我的如梦幻般的世界
这世界长满了伤口
用你脐带的血管造原始的氛围
这只可相似 不可复制

咆 哮

暴风雨是天空中咆哮而下的海洋
波浪随风激荡
冲击着人类的堤坝
人像小船四处逃散
汪洋中的惊魂 在寻找彼岸
寻找避风之港

水 不停地暴涨
水波吞没着水波
淹没着人类最后的彼岸
一只蜻蜓被暴雨击中
它已折戟沉沙
轻盈的残缺的肢体被激流卷走
它无法承受倾盆而下的
海洋的力量

我想用壮烈来比喻这场死亡
不 这是顷刻间暴雨与大地
与整个世界的碰撞
我完全不必为一只小小的蜻蜓而悲伤
我在想象中完成了一次暴雨与大地的
 交媾
完成了一次海洋的分娩
痛。快乐 并且孕育

疼 痛

肩膀 半夜三更
你把我痛醒
面对窗子
你不能受一点点的风

再痛一些 你就哭吧
一定要哭出声

我知道你忍受得够久了
我知道这一生你承受太多的沉重
所有的重担都压在你的身上
所有的委屈都埋在你的心中

肩膀呵 再痛一些
你就哭吧
一定要哭出声

哭吧 哭吧
等到天明
咱还要出去劳动

远心 的诗
YUAN XIN

这是我的土地

这是我的土地
站在这里，我心里那个我复活
科尔沁，锐利的箭，今夜
在哈撒儿古城，三月十五的月光下
白雪一般飞翔

落进哈撒儿王宽阔的胸膛，我的王
我心中永生的蒙古勇士
胸膛能容纳千万箭矢，至此融化
坠落，千万朵常开不败的花朵

这是我的土地，是的，今夜
我枕草而眠，我的王苏醒
这厚厚的草甸，是大地制造的婚床
长风如烈马，奔腾在雪白的月光下

这是我的土地，我的蒙古高原
八百年城墙饮醉了额尔古纳河水
八百年屹立不语的科尔沁部敖包山
今夜，将我收揽入怀

拒马河上

黄昏斩断高入碧天的山崖
如此劈面而立，是要说些什么

今夜，我掬起一捧激流河水
险滩密布，命运载舟
野马群撩尘而过，再不回头
只有你清亮的眼神挂在船尾

覆没水中层峦叠嶂
我一度错解你的温柔
峡谷通天避日，白马鸣咽
北疆咽喉要塞
扼制想象，一线打不开的天堂草

隔空抚摸的罪与罚
在你崚嶒背脊上顺水漂游
或许只是开头
激流把我带走

你咀嚼草叶的泥浆
咀嚼着一条抗拒奔马的河流

命中的深谷

我用什么来喂养你
默默流下雪一样的泪水

我命中的金马驹
在大地上回眸，闯进我怀里

拥你入怀，闯进我心里
神从空中降落在我眼底
抚摸山峦一样挺立的双乳
我是你的山峰，你是我的天空

狼群长嚎，暴风骤雨
在齐天的酒缸里浸泡我的灵魂
发酵、沸腾、尘封、陈酿
于子夜深处悄悄开启

我的金马驹

我命中注定的眩晕
茫然四顾，在我手掌
天与山的交界线
黎明更早地升起

更早降落
落进怀里，命运的深谷
我以奔流的泪水喂养你

山丘那边

夜幕降下来
草原上，天地吻合
再无分界

如果有，就是我和你
指尖相触的距离

没有光证明一根草
在劲风中摇曳
摇碎了我的指甲
剔除肩胛骨的血肉
去占卜

如果有，就是一粒沙
在黑夜里苏醒的时间

照亮戈壁草原
一粒沙醒来独自看见
生和死之间
一块肩胛骨的距离

夜雾深浓
翻过山梁
远处回光又起
一条隐秘的红色地平线

你的细长眼角
在山丘那边

凭肩细语

雨打前窗，雨花雾化，前后连缀一体
黄叶一片一片，小柳叶，圆浮萍
在一棵松树后迎接天水
小花园里湿冷的气息
无人的正午，慢慢打进我心

一首绵长的歌，伤感的不曾上演的故事
寸寸缠绕直到疼痛不已
纤细的槐树枝像你的发帘在风中颤
失去知觉冷到麻木的手抚摸空虚

你不是飘摇寒风的归宿
百年老柳冠盖九霄
草一夜间金黄亮出柳叶刀
削去烂漫青春的牛仔帽

雨声和歌声在树林间交汇
直到不再落泪犹如看惯
冬天带走深秋
相思树被时间剃光了头

林中的蝶蛹开始冬眠
淡淡的呼吸穿过泥土
与谁凭肩细语

飞 马

1

我不是马，我是黑马
驰过飞翔的机翼
你的尾线，空中银白的烟

我落在地上了
你在身后，或近或远
走不出你的视线

2

触须张开

今夜，我是一条游回淡水湖的大马哈鱼
童年邂逅

语言行驶
毛孔在跳
气在呼吸
头发刮风

一队追随而来的大马哈鱼
一群兴致勃勃的野兽

3

从无人区步行穿越
紫红棉靴发出咯吱声
无人的高楼
层叠黑漆的水泥空洞

下一步进城
上桥，白哈达扬起
一匹白马进城
无人欢送
无人欢迎

4

你在哪里，这么凛冽的风
风把耳朵吹走了
吹走你的激越脚步

踮起脚跟，像天鹅一样
无论黑或白，姿态高挑
追风的鹅步，追风的柏油路

5

刚出产房的婴儿
贴着包布像子宫壁
老鼠的叫声使她颤抖
小肚子鼓鼓的
一条羊水鱼

把小婴儿抱在怀里

贴紧轻轻的喘息
此时，在你耳边低语
那个字那个母在一起
连起一条银色长旅

6

夜黑了，刹车的摩擦声透过脚背
飞马四蹄着地
滑出长长的草痕

把星星叫醒吧
弯弯月牙明亮
围旋转的飞马跳舞
你手心的舞蹈
我掌心的温度

7

灯灭了
黑使黑夜沉醉

我停步四顾
这旷野
远光忽近

小情歌

穿过朝阳飞奔的猎狗
你要去何方，金光萦绕你的项圈
像我对你的幻想和依恋

我因此静静地，静静地低下身来
侧卧在你踏过的大地上
倾听每一棵深冬的荒草冬眠的呼吸

我和冬天一起睡去
无数被你的四蹄捣碎的露珠

落进我的灰度梦境

曾瀑 的诗

ZENG PU

一生都在刨

先是刨自己
刨自己的腿，自己的脸，自己的肉
刨出虚张声势的眼泪、血和最不要脸的哭声
直到刨到自己想要的那种风格的母亲
还能刨出糖果，皮球，风筝，花蝴蝶
姨娘家的新衣裳，腊肉，猪儿粑
狼外婆，七仙女，梁山伯与祝英台
偶尔也会刨到一顿胖揍

后来是刨人生
刨开泥土，救出清瘦的日子
刨开冰雪，救出冻僵的羊群
救出一小片岩石、草地、庄稼和童话
救出池塘、蛙声、涟漪和半死不活的倒影
救出一些零零星星的春天
刨开云雾，救出远方
刨开书本，救出成群的文字、谜底
刨开泛滥成灾的词语、隐喻、象征，救出诗
刨开披着的羊皮，救出凶猛的真相
刨开层层叠叠的衣裳，救出情人
刨开躯壳，救出骨头和灵魂
刨开我，救出另一个我

人生的终点，是一个刨了一生的坑

自画像

一个在月亮上磨牙的人
用北斗不停地往破碗里舀着夜色
满嘴都是时间的残渣

早就出离了愤怒
现在只跟自己一个人过意不去
常常将自己从乌烟瘴气的集市上拽回来
指着鼻子吼叫，一脚踹进门
堵在斗室里，抡圆了鞭子狠狠地抽
坐老虎凳，喝辣椒水
摁着头往厚厚的唐诗宋词上猛撞
给李白和苏轼磕头
叫他们一百遍老祖宗

一个长期被冲刷、溶蚀、掏空、切割
起伏不定，沟壑纵横，千疮百孔
猫着腰，沿着骨头上的裂缝、洞穴、暗河
寻找自己源头的人

深 秋

再一次系紧脚背上的伤痕
这深秋，深过古槐的裂缝。寒蝉的皱纹

是谁，掰走我腰上的玉米
抽空我体内的月色。一片落叶
将我砸成重伤

锈蚀的日子，两头变黑
越过越短。钙化的云，撞缺了苍凉的山
刑满释放的风，又重操旧业
露珠成群地枯死在草尖上
消瘦的河流，悄悄取出最后一点利息
剩下的光，准备回归故乡

余生，已被我典当成返程的车票
这衰败的季节。我想，我还不至于倒下

还有一泓清澈的潭水。一串果实
在那些人永远够不着的枝头

蚂 蚁

清晨，我独自在郊外
漫无目地踱着步。一只小小的蚂蚁
驮着一粒重过它自身数倍的虫卵
闯进了我的视线

一股冰冷的血
涌到我的脚尖。"踩死它！"这是我与一只蚂蚁
猝然相遇时的第一个本能的念头
没有任何理由

当我抬起脚的一刹那
小腿闪电般抽搐了一下。我突然觉得自己
也是一只蚂蚁。此刻，也有一只无形的脚
高悬在我的头顶

于是，我缩回了悬在空中的那只冷血的脚
仿佛是放过了自己

致台灯

你总是在最黑暗的时候
将我的肉身还给我，吐出胸中带血的石头

你的照耀，永远是平等的
尊重的、情愿的、温和的、体贴的，直抵内心

不像太阳，一副母后模样
居高临下，光芒四射，铺天盖地，让人无地自容

也不像月亮，看似含蓄、羞涩、朦胧
但总让人感觉头顶悬着一把冰凉的刀

你鲜奶般的光，滋润、营养了我的笔
让每一个文字都变得澄明、鲜活，骨骼强壮

你是真正参透我的惟一一个读者
每当我写完一首诗，你已是泪流满面

在你神性的注视、观照之下
我在一片废墟中挖出了被活埋多年的自己

最让我感激的是，你对我的包容和宽恕
像保护证据一样，保留着我阴暗的一面

匍匐前进

后来恍然大悟：正是那一道
魔咒般的命令，塑造了我低姿态的一生

假如他一大早不强行命令大家去冰河抛弃垃圾
假如没有那位徘徊者让他大发雷霆，爆粗口，先动手
假如没有因此引发那场激烈的窝里斗
假如上面来调查时我没有把白说成白，把黑说成黑
——可惜没有假如，这些全都发生了
于是，我便成了那条无辜的冰河
每天都要被粗暴地凿开，吞下成堆的脏东西
于是，便有了猪圈跟前那次蹊跷的紧急集合
立正。向右看齐。向前看。向后转。卧倒。匍匐前进
别人的故事，刚展开就被及时赶来的那面墙巧妙中断
我成了惟一爬行的线索。那道诡异的猪圈门
不偏不倚，正好相中我这颗简明扼要的头颅
我就这样含着眼泪，爬进一个肮脏的圈套

从此，我被迫在乱世中匍匐前进
害怕拉开窗帘，一不留神说漏了嘴
总是疑神疑鬼，感觉身后站着一道老奸巨滑的门

宿 愿

终于如愿以偿，登上久仰的庐山
重重迷雾中，我的肉身，比灵魂迟到了几十年
自从读了李白那首诗，我便鬼使神差，迷恋上了瀑布
生命深处，无数绝壁、幽谷，等待唤醒、照亮
我用瀑布包装自己，为自己命名

写下了一些关于瀑布的诗
有时，我也用瀑布包扎旧伤口
天南地北，收集了各式各样的瀑布
有宽的、窄的，有长的、短的
有混沌的，有清白的
有气势磅礴的，有空灵飘逸的
如今，这些五花八门的瀑布
有的被我用旧了，有的被我穿烂了
有的被我搞脏了，有的被我弄丢了
惟独李白笔端上的这一条，一直被我小心翼翼地
　珍藏着
当我预感到自己将要堕落的时候
便会下意识地死死抓住这条瀑布
像抓住最后一根救命的稻草
我自信，绝不会吊死在一棵树上
但我不敢保证，不会吊死在一条瀑布上
譬如香炉峰。肉身向下，灵魂向上

魏王堆

在这片森林被砍伐之前，请允许我
从那棵风雨飘摇的古树上
解开伤痕累累、千疮百孔的湘江
在这座山头被削平之前，请允许我
将硝烟深处的演兵场折叠

请允许我发掘自己
请为我开启那道封死的门
刨出我在厚厚的乌云中种植的闪电
一树树葳蕤的歌声
刺刀尖上寒光闪闪的誓言
鼻青脸肿，骨节握得咔咔作响的石头
头破血流，不停地嚎叫的风
被剥掉皮，露出骨头的洪水
回不到地面的大回环、后空翻
无法转身的背影

请允许我再次确认，我的青春
不是殉葬品。请允许我先死去的部分
与豪杰共用一块墓碑

爱晚亭

伫立清风峡。爱晚亭
深深地刻进我的前额

不是我爱晚，而是我命中注定就晚
未及开花结果，但见四野秋风萧瑟
正要奋笔疾书，低头发现墨汁已干
骨子里深深地爱着貂蝉
待红豆寄出，美人已在古籍中失踪千年
原打算当天返回江陵
到得白帝城渡口，已是落霞满天
立志到中流击水
湘江已远去千里万里

唉，我就是这座爱晚亭
空有重檐八柱，琉璃碧瓦，千古奇绝
白云深处，再也找不到那户世外人家
只余半轮秋月，两袖清风
一地泣血的枫叶

在镜泊湖打水漂

在镜泊湖，一块旋转着划过水面的石片
撕开了我的痛处。仿佛又少了一块承重的骨头
关于打水漂，法国的克里斯托夫·克拉内博士说
当抛出的石头，与水面成二十度夹角时
结局，最为完美。可惜，我迟迟未参透这个奥妙
总是随心所欲地将一块块石头，从手中放飞
无可奈何地看着它们，一头栽进深不可测的旋涡
想当年，风华正茂。滂沱大雨中，泣别故乡
胸中万里河山，像一块踌躇满志的五色石
无须劳驾女娲她老人家亲自动手，就自告奋勇
飞向那一片破损的天空。刚在乌云里翻滚了几下
白发就长了出来。不再向一棵挺拔的松树看齐
垂直于天地。一再放低身段，削薄自己
调整切入角度。精疲力竭地奔波。弹起。再弹起
直到坠落在这偏远的荒滩，才知道命运早有定数
一副好身板，连同美好的理想，已然打了水漂
面对如画的湖光山色，眼泪止不住流了下来
而夕阳，也在玩着这个古老的游戏。一腔热血中
做着沉沦前，那虚无而又壮丽的最后一跳

衣米一 的诗

YI MI YI

橡胶树

我根据一些刀痕来辨认橡胶树
丛林里，我在橡胶树的身上找到了刀的余光
拿刀的人已经走了
拿刀人留下伤疤给我看
让我抚摸，让我在众多的树中
找到橡胶树
在众多的伤口中
找出最深的那道伤口

名　字

这种长绿叶子开白色花的植物
有人说是郁香忍冬
有人说叫裤裆果
我试着用第一个名字叫它
它形而上，清冷，孤傲
如星星。如恒星，也如行星
我又用第二个名字叫它
它变得日常，有气味，有热度
如人。如男人，也如女人

一瓶水

桌上有一瓶水
没有人拧开它的盖子
倒出它的水
没有人放到一个
特定嘴唇边，喝下去

它是一瓶完整的水
跟它刚出生时一模一样
没有经历残缺的痛
也没有经历残缺的美

没有人动用它
它是一个静物
水流动的声音
装满了整个瓶子

今天的睡莲

水生草本的睡莲，活在池塘里
露出水面的部分
要么是圆形或者卵圆形
要么是心形或者箭形，像我的母亲

今天，有一些花开全了
有一些只开到一半
还有一些是花苞，比生育前的乳房
要小一点，尖一点，硬一点

我母亲就是以第一种姿势生下我
以第二种姿势怀上我
以第三种姿势梦见我

我爱你

如鸟，飞向凤凰树
而不飞向酸枣树

如一夜的雨
入睡前在下

醒来仍然在下

雨雾很浓
没有停止的意思

如窗外
开始漆黑一团
后来孤灯一盏
后来华灯一片

找一个地方

我想找一个更小的空间
比现在还小

找一个更少人的住处
更少的声音，更少的往来

我想找到更深的孤独
比现在我所有的孤独都还要深

只有一条路通向那里
其他的路都通向别处

只有星光月光照向那里
其他的光都照向别处

我要学会喜欢上这
近似于墓穴一样的地方

让自己成为
一个不再贪生怕死的人

界 限

左胸上部
阵阵隐痛

我能够感觉到
我也能够承受得住

这种痛

不跑出我的身体
它因此成为
我一个人的痛

成为你
制造不出来的痛
成为你不可控制的痛

事 故

我们吵架了
我们站在路的中间吵
吵架后，我们以深深的长吻
来证明我们深爱
仍然在路的中间
好心的司机绕过我们前行
好心的司机不忍心看
相爱的人受伤
如果有一个司机
开车撞向我们
我们突然飞起来
然后落地，血肉模糊

海 边

如果
海边有捧着纸质书本
读的人
那一定是
我喜欢的人

我曾经也那样
坐在海边
或者躺在海边
或者在海边走

看一会儿
海水
又看一会儿书

灯光鱼

天黑了，渔民们
来到海边，张开网，点亮灯火
明晃晃的一片光，令四周更加黑暗
一群鱼游过来，自投罗网
又一群鱼游过来，落入网中
那光成了致命的诱饵
而海始终沉默，不说出渔民是为捕鱼而来
灯光鱼是为追逐光明而死

斑　点

有没有一种药，是能够消除斑点的呢
比如消除墙上的斑点
脸上的斑点
心上的斑点
消除那些明明存在
却看不见的斑点

消除它们
墙就像是刚刷好的，等待新人来住
脸是没有经历风霜的，你也许还可以爱
一只鸟在天上飞，越来越远
它将自己变成斑点，它继续飞
斑点就不见了

迷恋斑点的人叫伍尔芙
她一辈子写小说，生病，投湖
为了回忆一个斑点，她不得不想起炉子里的火
玻璃缸里插着的菊花

她知道，所有的陈年往事，都在斑点里

美术馆

终于看到了不朽
在美术馆。在墙，廊道，拐角
终于看到不朽的男人和女人
不朽的生活和时光
不朽的树，枝叶不动
不朽的花，开到没有香气
当你在美术馆走动
你看到，不朽的水
就是不再流动的水
不朽的语言，颤动着纸质的翅膀

职　业

卖刀的在刀刃上涂抹寒光
卖盐的在容器里淘出海水
卖酒的都说武松
是英雄豪杰
卖砒霜的哼着金瓶梅的戏文
卖鸟的人珍惜羽毛
类似于爱光阴的人珍惜分秒
道具店里摆满真货和假货
卖道具的人
知道如何辨别真假
人世间也有一些非卖品
比如肉体和灵魂
实际上，人世间
有人卖肉体，有人卖灵魂

天界 的诗

TIAN JIE

春天的祈祷

——伟大的一天。巨钟细小的指针
落在人们心尖
好事总是慢慢到来
比一个人越过自己影子的脚步
缓上半拍

命始终无法揣测
它是懦夫，也是不露声色的老汉
谁挺立身子
谁就消解了屈辱

天不会自降大任于人
儒家少有善终。野道士胜过猛虎
这一年风调雨顺
所有腊梅，开得像神仙

在寒山湖丑时，酒后回房有所记

小石径通向幽静和春梦
如此深夜，还有谁和我一样醒着？
寒山湖空荡荡
似乎隐藏着秘密和风暴

不为人知的心事
面对巨大虚无，如湖面的波光坍塌
不知道该如何把一个人从抑制中解脱出来

一个人酒后
游荡冷风里。打不开的门
是否提示盛宴并没有结束

天空那颗最好看的星
是谁的眼睛？我走一步，就闪亮一下

爱和雨水

大雨从天而降。大雨中充满期待——
那些事深藏着雨水
如一条飞鱼
注定一场场大雨中完成美丽的传奇

相安无事的人，谁会在雨中奔跑
你看大雨有时粗暴
有时是那么细腻，那么深刻
你看银线一样的雨水
有时挂在天幕，有时在一个人长长的睫毛上

夜色从来如此
而大雨会改变河流的方向
我们把窗户打开，就会听到雨水的声音
甚至听到雨水在心尖，在体内
热烈拥抱的呓语

雁荡山午夜，我背着你走了一会儿

黑色总是通向黑的更深处
月亮躲进乌云里去了
山径两旁
溪水流过山涧
流过鹅卵石。流过夜行人酒后的身影
那咚咚声响，通向黑的更深处
有说不出的甜美

要是背着你走向婚礼的殿堂就好了
要是背着你,走着走着
就走了一辈子
更好了。前面有小酒店
那些灯光是留给喧嚣的尘世的

山上两块紧贴的巨石
像挽手的情侣
一个人的心跳,覆盖另一个人身上
是那么,心甘情愿——

9月24日,夜宿开化有记

今晚的开化是我的
旖旎灯火中
芹江不会关闭她香艳而又古老的门

此刻,我坐在东方大酒店外的石阶上
等待遗失的月亮
一辆又一辆的士经过
真像那些青蜥

而我的担心是多余的
的士不会开进我体内
根雕园高耸的宝塔,也不会倾斜
今晚,我愿意做一个被美酒遗弃的孤儿

夜色始终一样
我早已习惯在头顶开出一扇天窗
一边倾听,一边努力去爱

余 生

爱和恨如同一张白纸,一折叠就紧贴一起
转眼将逝的冬天,引来玫瑰
这时不可以省略美酒
——如果夜晚需要体温,和欲望

这些年他并不平静,始终坚守他的善良
午夜临近,大海只为叫明月的女子风生水起
而他爱的美人,已不叫妃子

你听到沙沙的声音,玻璃一样透明和容易破碎
它带着巨大怀想而来——
他要爱一个人
他那么认真和谨慎。任何一个猜测
怀疑,对他而言,都是惊天动地

他早已打开自己的爱
从迎面而来开始,秘密就已诞生
那么瞬息。天空布满令人激动的密码
他隐忍、热烈、悲伤
然而,他终于抑制不住一切——
他决心用残缺的余生,追随神赐予的人间大美

元旦2017

冬天的草丛里,仍有蚊子出没
它们披戴霜的盔甲
偶尔摆动小银枪般触须。细细长腿搁在正午阳光
  下
椅子上,穿中装的老头
正把玩一把茶壶

他嘬一口,闭一会儿眼
腊梅已经开谢了。他的婆娘
坐在那里看书。隔一会儿给茶壶添水
隔一会儿,给他读一段文字

新年第一天,阳光如此美好
他看着楼下花园
想到多年后在另一个地方出现的情景

小情书

桌子上的钢笔已经没有墨水
写完最后一个字
夕阳便替主人揩去指印

银杏叶掉得那么干净
窗外,小河里的水血液一样流动
又一年了
人们总是忙着生活

不知道春天会带来什么
想念一个人真好
可以魂牵梦萦。柳丝长了，燕子便来了

三月，对爱情的再一次描述

在羞于说出秘密的深夜
我们都是桃花般的孩子

充满渴望、野性。我们忏悔
请求时光宽恕——

我们有蓬勃身体
暗中喧闹的春水

赞美晨钟暮鼓晚点之时
我们继续探讨狂欢的奥妙。大地绵延起伏动荡

我们在琴弦上停止舞蹈
戴回皇冠，十里杨柳弯下小腰

所有人藏起面具：嗨，春天真好
我们咬着耳朵，说我还要

突然迷恋上深夜想一个人时的坏心情

再掏空一次自己又如何
深夜把玩手术刀，惊心动魄的寒光
如闪电中张开八只脚的黑蜘蛛
有一种美：窒息和悲伤

一个人的肉体，从不豢养寻死的灵魂
一个深夜有所牵挂的人
肯定期待什么
一个能随时把自己喊醒的人
必定有盗火者的意志——

春天即将过去了
这个四月的雨水有点异常

深夜想一个人多么奢华。你也一样吗
要是还有加急电报多好
我们乘坐小火轮，把自己慢慢急死

九峰温泉

要在午夜酒后荡漾的温泉池里
泡出杨贵妃
泡出赵飞燕。
一个丰乳肥臀。一个精美细致绝伦。月色正好抛
　下诱饵
帝王们谈论边防、长生、烽火和涂满蜂蜜的利箭
把高贵的旌旗插上九峰山顶
预警布遍暗香的空气中
我们留下隔夜酒
奢侈的幻境。并从体内掏出明珠
魔鬼隐去半张脸。像隐去深刻的哲学部分
天地如丹炉，谁不苦苦煎熬？
喝完大湾谷山庄的大补酒
我们就是药引子。哗哗哗的温汤
似有闷雷滚过，里金坞毫不顾忌地打开混沌之
　门——

月见草

想一个人时候
音乐很轻，花开的声音很轻
把窗打开，月色便从花坛中跳出来

时针转得很慢。烟味停留沙发上
半空一张脸冲你扮鬼脸
可我笑不出声

月见草，一会儿近一会儿走远
它小小心脏如何装得下这些

旧式花皂荚
带有生活先知的经验和智慧
散发乡村气息
一看就是最美的

特别推荐
PARTICULARLY RECOMMENDED

水至清　且至悠　浣衣女
手和脚一齐用力　起伏的影子
多像昨天的模样

——《大汉江》

大汉江

□ 陈　敏

1

汉江从宁强嶓冢山出发　拍了拍
脚底下的桂花树小脑袋
叫道兄弟　告辞了
桂花树是西汉丞相萧何栽的　开着花　显年轻

那时候汉江只是一滴水
刚从石洞里那头老牛口中走出来　外面世界真大

2

汉中是个大面盆　装着明前茶　香稻米
汉中女子走路　也装着五月的妩　九月的媚
还摇着诸葛孔明的羽毛扇　有点飘曳
随意扇了扇红尘　曹操逃了　张鲁败了
蜀汉的半壁江山　五虎上将守着
马超绝不浪得虚名　曹魏再不敢来
可惜他寿命不长昙花一现　喜欢呆在定军山下
数星星　再看看隔壁武侯祠的老领导
他之后　有汉中太守魏延

当时山高树深　挡不住蒋琬杨仪姜维的苦撑
时辰又不好　用武侯祠镇着江山
那已是后代的事了
魏延并未谋反被杀　只是说了六出祁山是败着
　　太缓
诸葛军师到底是人不是神
汉中人却不这么想　汉山　汉水
汉中的汉　汉族的汉　汉武大帝的汉——
梦中　也只是马超的风景

3

博望侯张骞　至今在城固县住着　地势平坦眼界
　　也阔
他看到两千多年后的我们　又懒惰又浮躁
他不搭理　沉默是金
沉默的翅膀越过戈壁沙漠大草原　向西
到了葱岭　长出了葱　也还旺盛

那枚发黄的脚板印
还在他的邻居　龙亭侯蔡伦的纸里夹着
还在天边候着

4

石泉电站安康电站蜀河电站　那么多电站
水变阔　也变凉
旅行归来的主人回不了家　得蹦得跳　不许吱声
岁月坎子太高了　鱼　上不去
眼泪沿着水流珠子淌下来　闪着光——

弯弯曲曲像条虹　挂在3000里汉江的心窝窝里
　　叫痛

5

就等岁月不美丽　落下薄薄树叶子
才咿咿呀呀　甩起水袖赶路程　紫阳橘子
沟沟汊汊都照明了
毛栗子磨盘柿子纷纷躲开枝头
躲开路
汉江鼓起劲地吼

凄清岁月的金红　比力猛
一枚枚都有春天的恩泽
照亮老瓦房黑黢黢的皮肤　拍一拍后山梁过往的凉

留守的女童挺起小胸脯　眼睛乌乌亮
她不怕学校有黑　有泥泞
她也不怕寒风的钝刀子　一寸一寸切
山岩坎子一直陡
蹦蹦跳跳的小伙伴们　正在前边守

紫阳橘子还叫金钱橘　小个子皮表下
有经脉河流　籽种很苦
爱骑着巴山赶夜路

6

历史的功勋别在前胸　汉中郡设在安康
那时西汉文帝高了兴　治所来了二十年
随风又去远

秦兵威猛　穿着商鞅的大战袍
家国在口袋里装着　前程在前面瞅着
手上的刀斧含着血
楚兵见了快快逃　郢都也丢了
这个地盘叫西城　有了姓名和子嗣

王彦都统制打过金兀术　败溃石泉县饶峰关
临危不惧　总算把老妈坟茔藏在香溪洞前的黄土里
李自成部将刘体纯攻陷金州城　他是本地岚皋厅人
雅号刘二虎　大顺朝三品果毅将军　不知所终
白莲教老在紫阳县旬阳县白河县的山背后　绕圈圈
背口诀
大清的兵勇提着火把漫山打　不信邪
直到领袖小妇人王聪儿想不开　跑到郧阳府跳了岩
那个打败她的提督杨芳更没出息
到了边关打洋人　真枪真刀也雪亮
他硬是用黑猫尿白狗血破洋枪　把阵势丢了
把人丢得还要多

汉江水还是流
湖广移民走过来　还有山西大槐树下姓王的
他和她　乘阴凉　爱江山
也敬祖宗

7

万历十年　中世纪地球村最魁伟的人
大明首辅　相当于宰相的张居正殁了
他与官阙同气连枝　国库多了几间　山河几许丰盈
把万历帝给罩了
万历十一年　抄家　儿孙充军　几近灭门
灾难来临
洪水来临
先淹金州城　后过400年　即公元1983年
再淹金州城　即今天安康城

水退下　人扶起
大南门还在　朝南
小北门还在　有北
如今的安康城　千百年的龙舟　每年
都在水上描金镀银　擂鼓发吼　都要摸一摸日月说新

8

顾炎武的亲戚住在安康城小北街　青砖大瓦
山货生意兴隆　龙须草桐油木耳黄连长成了山　又流成了河
窗含南山千年树　门泊东吴万里船
老祖宗在城头立着
黄州馆江西馆武昌馆河南馆　馆馆相连　如日中天
大篙长舵　一头在紫阳县任河口扎着
一头绕过长江　回了徽州　走访家门
黄金水道流的都是黄金　汉口失了姓
任河　旬阳　白河　蜀河　还有兴安府　还有郧阳府　老河口　襄阳府　谷城县　钟祥县　那么多水码头
熙熙攘攘
支起冲天的名号　它们都是小汉口

9

一路清风送爽　一路早春的目光
汉江畔　无言的水汽　有点濛
还有卵石　小鱼　青绿的水草　有点慌
给你一个飘渺的躲藏

水至清　且至悠　浣衣女
手和脚一齐用力　起伏的影子
多像昨天的模样
自己看自己　有点起皱的激湍动起来　动起来

水真是个好兄弟
给你热　也给你凉

欸乃声　桨声　或直抵心窝的汉江号子
有些粗粝　有点伤
响起了　响起就响起吧
你毋须抬头——

洗衣裳　洗衣裳

10

逆水而行　纤道
让骨头变钢　血液飞扬的石窝窝

多少滩　多少水
一行足迹　高高低低　勒住了群山的口

纤夫　习惯光屁股行走
出汗出恭方便　不仅是省布

纤夫　走不惯平稳路
喜欢走石坎坎上坡路　蹦蹦响
还是那个角度努着劲　头叩着地

把偌大的汉口拉回来
把肥皂花布洋油书本拉回来
抵达谷城老码头　风很顺
淌着浑水喝一口

那个山还是绿　还是苍

那个水还是一会儿青　一会儿黄
襄渝铁路高速公路一声咳嗽
山河给改了

都说纤夫命硬　用力猛
在那边　还是光身子撅着屁股朝天拉绳子
还是那个角度　有点斜
拉得人心头紧

11

大清禁渔猎伐牧碑　青冈石坚硬　不惧严寒
变成冬天的大舌头
不看脸色　自说自话

山那边是山　山那边还是山
正直英年颓了发　露出经年的光头皮
把风声光溜溜丢在那里翻跟头

山　其实瘦了身
每逢秋天睁开大眼睛
锦鸡野鹿果子狸走上餐桌　树疙瘩冒出热火
汉江的鱼籽上了岸　快刀利斧露出脸——

人比猴子先进　陷阱昨晚布置好
花生核桃包谷抹上蜜　口腹在暗处潜伏
人之欲　比树木还要茂盛
还要绿

康熙的县令一定高中过进士　姓名看不清
面目也不详　没有人惦记
他带走一肚子经纶　留下山水人间

他的走　是误会

12

孟达扶风人　在旬河对面山坡安了家
乡音不来看　涛声只从远处过
太极城降低高度看着你　卦象每天在心里
高处的风光　只有痛楚的心底看得清

司马懿的马真快　首级传报京都城
你没了面目回家乡

一会儿蜀　一会儿魏　还跟了刘璋一场
忙得自己的骨血没处放
衣服坐在时间上　无边的土壤走过来——
隆起一个大喉结　诉说比命还冤屈

真想走进衣冠冢里　和你说笑一场
隐忍骤然的风声马蹄
看你玉朗

13

白河不白
女子最白

汉江水濯你　一江水
够不够
还有冷水河红石河白石河　就连
麻虎沟垴的一窝泉水
也化妆你的羽霓　玉润的肌

个子高挑　秦岭是你的远房亲戚
巴山从这里路过了神农架　只把
魂魄给了你
溪畔柳是你　花骨朵是你
最柔软的山川河流
一果地　一茶园
给你　是你

荆楚也罢　川陕也可
船舸桨橹聚集在白河县老河街的水码头
从远去的黄金水道飞上去　飞下来

你呵　站在时间的隔壁
说白

14

这些水继续走　绕过十堰汽车城　进了丹江口
扎成堆　进北京
说　该到华北大平原看一看　那些干涸的红眼睛

有些襄阳　仙桃　潜江的水族不高兴
水浅了　有时候真的影响了健身运动

15

米芾水墨山水画得好　字写得好　每天写
站在对岸樊城角度好　行书襄阳城池
也恢弘也大气
汉江水　流不完　他写不完
就像水一样蔚蓝
比日子久长　比命还要立挺

于禁本来也算好汉　腿站得久了　有点弯
关公的水头实在猛　水淹七军
庞德死了　他活了
曹操丞相笑呵呵送他一幅画　顺便送了他的命
也送了世人名节　像米芾字一样活着
在夫人城上站着威武

16

汉江走到这里很辽阔　夫人城　更宽敞
世情由阴转晴
学习韩老夫人好榜样　挥了挥手　困厄也就去了
把自己站出来　站成铁打的襄阳
铁打的夫人城——

全体奴婢伺女家眷齐动手　砌砖　垒土　筑城
再把战鼓擂得山崩　敌阵纷纷塌陷
这座城　不可敌
襄阳城士绅军民商贾获了救
好日子　只是把太平抓得紧紧

华夏第一城池　其实都是肉长的
至今不认识她的儿子　东晋守将朱序　也就罢了

17

把金庸帐下的座次重新发布 14 部作品
"飞雪连天射白鹿　笑书神侠倚碧鸳"
《神雕侠侣》该是第一　然后
才是乔峰　张无忌　令狐冲　还有色眯眯的段誉
　小兄弟
是由于杨过豪迈　缺个胳膊仍帅
郭靖适合砍柴　降龙十八掌倒是真功夫

杨过无过　两鬓如霜　肝胆依旧炽烈
蒙古大军万夫长千夫长　稀松平常　一掌也就休了
金轮法王也不过一副臭皮囊
南阳仓库烧了　邓州新野敌兵耳朵装成袋　礼花升起来
襄阳城郭裹过生日　百姓皆开怀

还是对郭靖黄蓉郭破房心怀敬意　死于国重于山
还是对小姑娘小郭襄心怀戚戚
生于襄阳　芳名有襄　襄字真好——
山高水深　你到哪里寻踪你的大哥哥
你的大哥哥终有小龙女　你仍似在襁褓中
不敢有你　你是个好姑娘
于檀溪畔硬是练出绝学　创立峨眉剑派
只是后辈灭绝师太不像你　杀伐造孽尤多　长相也恶
忘了她记得你　有人把你演得好　又会哭又会笑

你真身更好

18

在三顾堂旁边八阵图　从南到北　从明到暗
不见东西
诸葛孔明聪明　南阳人汉中人　天下人都在说
襄阳人不说　襄阳人只在古隆中插了几根竹子布个阵
困了来人几个时辰

老龙洞潺潺流水　抱膝石还在仰天长叹　山岗青青
故国在动

比如刘备　不仅会与曹操青梅煮酒　话说英雄
也还会先看气候　再看脸色
拉上关张　专挑刮风下雨下雪　下个漫天大雪
顶着饥寒　赶到襄阳城外古隆中的茅草庵
听一听
诸葛孔明个人的诗朗诵　耐一耐心
站着候着三两次　总能使得士子欢心　来个隆中对——

然后驱马效策　龙腾虎也跃

造就三国鼎立　天子大气

19

蜀汉其实是在襄阳撒的种　诸葛孔明又讲演　又躬耕
成都城结出了青果子　直到
邓艾父子接过刘禅的金钥匙　大王旗给换了

乐不思蜀的小儿阿斗　一会儿笑　一会儿恼
逗得晋王司马昭十分欢喜　酒呛了喉咙　忘了一把刀子
安乐公刘禅　也就是那个小儿阿斗
生于乱军　长于襄阳　立于成都　终于安乐
憨憨笑着　和长辈诸葛孔明比试了聪明

这一次　他赢了

20

关关雎鸠　在河之洲　河是黄河
汉有游女　不可求思　汉是汉江

还有汉之广矣　江之永矣
说的都是女子　水里游着　地上飘着　跟前站着

孟浩然实在是有一点身在福中不知福
家在襄阳　那就爱在汉江　走走渔梁渡头　过故人庄
再不要东张西望　送什么参军丞相　应酬多　酒伤身
也不必鹿门寺里苦守　庞统去了益州　再不回来

没事了就多写点主题诗歌　比如《襄阳公室饮》
窈窕夕阳佳　丰茸春色好
襄阳春色哪年又不好呢？

酒香景美心情好　汉有游女们　定然是
捋了捋浩然兄的方巾丝带　让它飘
把夕阳薄暮铺展开　再羽霓轻摆　烟波动起来
窈窕走过来

21

还是张继豪爽　没有地域偏见　一口说道
襄阳风景由来好
汉江　的确比姑苏城外那条河流宽一点
还大一点
霜降还早　乌啼只在山背后　愁没来由——
风声也劲　桨橹也响　篷帆也张
大唐云居禅寺　钟声在唱

还有卧龙　还有凤雏　还有水镜先生司马徽的水镜山庄
徐庶进了曹营　也就不用说了

22

汉江三千里身段
从嶓冢山到汉口　又葱茏　又曼妙
胜过千万年江山　襄阳居间
西来秦巴　南下荆楚　北上宛洛——
汉江汇入长江　向东

三千里悠扬　三千里路云和月　不太长
建设着的厂房　楼群　码头　船舶扬起了黄手绢
水流给她们动能　给她们蔚蓝色理想　大海般招起手
给她们鱼与虾的丰盛　向东

襄渝线沿着汉江　从襄阳出发
把青春顶在头顶　像旗
把苦难攥在手里　像蜜
四十多年前　数十万铁道兵　鄂陕川民兵　西安宝鸡学兵
肩扛背驮
让火车钻进洞　跨过河　翻过岭　见到重庆
有的把命丢到了半路上

铁路两旁　多了陵园和簇拥的花儿朵朵
还多了一枚枚岁月里的小太阳
总在运行的列车两侧　在河流和山岳的绿窗口——
招着摇着　向东

女性诗人
POETESS

谭畅
TAN CHANG

本名谭昶。写诗、作词、写评论等。暨南大学文艺学博士生。2010年致力于《大女人》组诗的创作,并在《诗刊》、《钟山》、《诗林》、《诗歌月刊》、《广州文艺》等刊物推出。著有诗集《问风》、《几软》、《文字上的女人》、《大女人》等。任职于广州市文联,曾任大学英语教师、翻译等。提出"柔软出诗人"。

谭畅

大女人书

·组诗·

> 诗的追问，对女性崇拜、女性问题和女性主义。
> ——题记

心 窝

1

定有什么走失，别骗我
这个初夏的夜晚神情恍惚
睡意如新嫁娘一样似来非来
窗外车辆用胸腔鸣响叹息
尚缺几根羽毛
柔软衰弱的草水塘内漂浮，滚落寂静
玉梳曾在水波上寻
定有什么走失

2

如果一定要开火，可不可以
枪口向地？或者
抵住自己咽喉？没有人
能逃脱惩戒，如贪吃的蚊
请瞄准。这里松软、温暖
汁液饱满，一触即炸

3

别说你爱我，这句子
和午后阳光一样让人精疲力尽
像把胡椒粉撒向电扇叶子的
孩子恶作剧
她哭喊着，声音坠入江底
连同他伸手打捞的姿态，够了
一个隆重的葬礼就够了。菌子样
好多绿色的蒙古包挤在一起

文字上的女人

今夜，天堂在一碗饭的光芒里走近
走近你挺拔的金色花蕊

接住我不可一世的寒伧
偷偷退掉纸巾和餐前小菜
对海鲜别过脸去的倔强
皱起鼻头，你笑得诡异
不放过我一丝狼狈
那个手捧工资卡的人比你更悲凉
她攥紧满把时光伤痕
你独裁的，可都是纸上铅字
一粒粒跃出笔端，在你唇齿间翻腾
被柔滑的舌哺育成珠
像月亮终于为海浪磨蚀
我被咀嚼得满心欢喜

紫丁香·七仙女

你是在路上拦住放牛娃的少女
既莽撞又心急
花苞炸开春雷，喇叭敞开单纯
无辜笑对银河的指责
你是当代女文青的模板
一场窒息的初恋
占领男人青春期的羞怯
挤满一厢情愿的生活
你有宽阔的叶子，体面的枝
却把天鹅绒溅上唾液和泥浆
根扎得比悲剧还深，让人既敬佩又担心

母 女

女儿大体是母亲养大的，往往亲生
常常是她塑造的，一场善意的毁灭
在上辈人教唆下，一根根抽出她的主心骨
塞进父亲、兄弟（如果有），而后是伴侣（终生
　守卫或寻找）
把阴影当成她的靠山
两个女人纠缠在病榻、墓园和回忆录里
像一场无可逃避的和解

沉 默

先开口的是弱者

一个论断，一场游戏
赌注里有整段人生
并非真相恐惧症

时间到了，缺口打开
衰弱如水涌出，湍成滴滴冷汗
椅子托起隐秘思路
沉默，上帝的礼物
几人配承受

嘘！别问。弱者……先开口

争 吵

争吵，在心最柔软处发生
陷入不想开始急于结束的战争循环
爱被表达扼住咽喉
纠缠于概念和名词
时间无辜死去
焦虑像猎人的活扣
被后悔越抽越紧
看谁最先倒下

肩 膀

1

莲藕剥开粗粝的瞬间她尖叫起来
你知道这是赞叹的极端方式
那潭死水被震出了余波
她用捶打撬开一个世界的软

赞叹总是一厢情愿
如同单相思的不管不顾
猎人对猎物的迷恋摧毁了摧毁者
她想用抽离把破碎拼接起来

有些法则必须违犯
月亮从来是偷药高手
她把兔子拖入隐秘的巢穴
在生存最底线上独自揉搓

黑暗的暖潮嫩滑丰润
个人与宇宙撕扯着挪移
担心分离又惧怕溶解
人的双腿撕开而头部相连

一和一从来是站不住脚的
若非插进泥土，只能撑在一起
高度的损耗带来稳固
谁在扮演传说中的幸福

2

你用脊背上方的肉垫子挑担
而她的平肩如中国象棋的"車"
挑起衬衫鼓风的两翼
也许这是练就和天成的根本区别
嫉妒和嫉妒者的爱情交相辉映
美满得水泼不进

天生的翅膀并不可靠
迷雾笼罩着不自知的恩宠
在日常境遇里黯淡着流远
后天的磨砺固化了均衡的奇诡
太过用力的灵巧略显沉重
追不上光斑闪烁明灭的顽皮

龙泉宝剑和激光刀的共舞
锋芒时长时短
甚至不负责任地无端消失
贴着肚皮划过绝望的冰凉
有双眼睛在黑暗中闪烁惊恐和质疑

挥了一生的臂有瞬间的滞涩
他收敛刀锋，朝向自己
忘记宝剑从来是双刃的
钙在收缴他的柔软
是否还能缠上绣满青春的腰肢
以良善之鞘包裹生命的奔突与仓皇

3

这是一把刷子，凛冽锋利
在沙滩上刷出一堵墙，一条沟壑
或一句爱的诅咒。

把明天拦腰截断

缩进盲目的城堡，不再开一扇窗
三面悬崖，一侧峭壁
拒绝流言的瀑布。躲避黄昏的金
用纱布缠紧勒死的疑问

孩童的呓语，足以统治
成人黑暗的王国。目光雪白
不要。跟我说话

拥 抱

你比我想象中瘦。好多汗
心头"轰"了一下。有仰角
振翅。没有起飞
浑厚的肩。胸前黑的联想
身旁刃的眼神。隐痛

难以回放。白色生长变异
雪的吻从空中降落。
孩童笑，诡异，把脚释放出身体
梦在无端失去。
剥离出时间的琐碎
受伤。能不能飞翔

她的爱情（组诗）

Teresa

阳光凶猛，摩托喧嚣
敲门声粗暴，拥抱硌人
异国的新年清脆如水芹

白天的焰火徒劳地掠过天空
有种异样的震颤在地底喘息
你硬起心肠接受人间的陌生
当年那姑娘在哪里哭泣

哮喘和哽咽缠紧的声线被无辜消费
素馨花一朵朵地碎，撕裂成云

远游的人如大地铺开
希望失望的地方手足为家

花　瀑

往水的反方向走
自由和成功背道而驰
你站在队伍的末端发呆
看每根木棍上挑着黑色绒球

天蓝得让人走神
竹丛和树叶都染上泥土的红

喊喊嚓嚓的筋骨在脚下断裂
心跳已成早季的雷

纹满秘密的树皮无辜地喘息
惭愧捧出一把黑色沙砾
日子纵身从指尖掠过
青春什么都没留下

空调吹散了耳朵里的山风
痛苦和失落不属于记忆
地名的暗示顽强地解嘲
挤弄笑容的面颊结满白霜

太阳茫茫地暴晒衰草
神的眼窝已经干涸
谁能透支一千年泪水
任漫长人生垂下十二层花瀑

不曾拥有

谁都无法拥有陌生
若他居高临下，如你的傲慢
暴君的自私里贫寒的风骨
计较的样子吓人
让你有施虐的自责
悄悄捂住疑惑的唇

他手里可捧有一纸的厚
这个良心剥夺到赤裸的汉子

你能否涂满虚空
若爱已不在爱的起点
故事都沦为事故
你又如何轻易完结错失的约会

选举首夜

揉揉眼，看移动的黑点喧嚣
高压线上不断延长的省略号
扑棱翅膀的黑蚂蚱穿成两串
麻雀开起会来的阵仗浩繁
遮盖了草台议会的黄色横幅
小街的高压线不讲青红皂白
耍赖皮的政治游戏嘲笑着女人的轻信
选举车的低锤轰击着冷漠眼神
他国的乡音一股酸辣味道
族群的利益对峙上升到生存层面
贪婪和不公披上了民主外衣
赤脚佛国的容忍根须已被野心噬断
火线零线的亲和如同自尽

河　岸

在齐腰白雾里跌跌撞撞
哪里是河沟，哪里是稻田
贪吃的眼睛来不及分辨
隐身衣在太阳下哗哗作响
哆嗦的人还未能上阵
白茫茫的凌晨心情惨淡
脚下的石子推挤着耳朵
脑袋埋在屁股后面
潮意渐渐卷上河边帐篷
脏水里一朵端坐的莲
后背插满数字乱箭：
每个人都有争抢幸福的权利
呆傻的人也看明白了
谁的车把式谁知道呢

夜　誓

谁又真有能力施舍

手空脸皱的人夜色苍茫
除非心中过于高昂
才去抓握不朝向自己的树叶
夜风吹干道别的调侃
没用的脑袋好好过日子
善意谎言是亲友的食物
你离去的身影何时回过头

蛇

深入山顶洞穴，秉烛查看
这鼾声均匀的光滑肌肤和柔韧腰身
盘出起伏的波涛八字回流
起点和终点相衔的野性舞蹈
色彩斑斓的颜料盒眼波沉甸甸
勾画菱形咒语密布的心思
你犹豫着抽牌，悔悟
黑白双子的罗盘太良善了
金字塔中的大祭司透支勇气
精心计算缺口，贪图片刻安宁
谁能捂住黎明的鸡啼
飞身下坠的身影回望连绵的坍塌

讶 悟

爱在深夜惊醒绞痛的胃
赫本的表情空灵如神谕
拧开时间锈死的锁
有人值得更多原谅和诉说
互相偷看的埋怨抬不起眼睛
下巴捏了一下，手心暗纹泛起
热流旋转着分头而去

声音的温度

怯生生的电话如塔罗牌铺平
慌乱中你不知该问哪个答案
风冷夜寒的节日双双逼近
前世和今生压在数字下面
冷静冷漠的理智一遍遍播报

错误如内心的震颤阻止着脚尖
伤口吐出自戕的白沫
皮肤变成茧子也会流血
你需要一把更锋利的刀
淬取绝望之火，舔弄贪婪毒液
悻悻然假装医生路过

回 望

嫉恨不是叨念的借口
爱更不是。和解比一切高贵
血液滴答，如湄公河落日
洗涤了黑色跪乳羔羊喘息的凌晨
一株雌雄同体的异域花蕊
伤口泌出蓝紫色汁液
涂遍蛇的纹身
磨平每一个凸，弹出凹陷
青春吸食着顽强的陌生人

绝望的情歌

说话太多伤了心，不如拥吻
我和你的距离，人和人的鸿沟
永远准备，足球门前的逃兵
儿时溺爱投下恐惧的细长阴影
斜过身子的阳光划出一条水痕

谁没勇敢过几次，表白如同玩命
你只装着傻，愧对陌生人
眼睛和赞叹抛给水畔闹腾的烟花
比难过还高兴的热烈笑容
没有以后了，多么轻快的告别
一次次的叨念要沉到水里去
头颅别向另一侧的光彩人生

身边的溜肩膀推搡着过往
忍看周围三步，理想寸草不生
远远的试探吐着蛇信子
你已经不起太多交换
迟迟不能打开的木盒子
有人对花纹留恋太久了

大女人论

□ 谭 畅

说到大女人，也许有人会觉得别扭，这别扭有点"说不好，不好说，不说好"的心照不宣。好了，也许你是对的。就是这个微妙的别扭，似乎正确但又有点错误的味道在。说其正确，明眼人都看得出来，这是个敲打常识的词语，把一个众所周知的问题大声叨念。说其错误，也许有人会攻击它过度使用了词汇本身，预设了一个男女不平等的潜在条件，从而对男女趋同和男女过分差异进行双重质疑，其暗含的讥讽语气和不服输态度对于现有的性别统治秩序持有一定异议。

大声读"大女人"这个词，可能会把它读作"大——女人"，读到的意思是：女人也可以是大写的人。这显然是种文学的表述：关系到人类的两个主要症候群，大男人与大女人的争执。

这个词还可能会被读成"大女——人"，这意味着：大女是不同于大男的类别。首先是身体性征的区别，决定了其体貌和行为方式的迥然相异。除了身体构造差异以外，尤其是男人与经历生育之后的母亲相比，二者还有心理的不同，诸如，大男人好斗的本性和大女人和解的愿望；大男人求新求变的心理和大女人对于永恒甚至是静止的渴望；大男人的征服欲和大女人的承载担当心理；大男人对于死亡的渴望及恐惧交织，而大女人较能够坦然面对鲜血和死亡，等等。社会文化和习俗更为二者进行了不同的角色塑造，如波伏娃所说的"第二性"云，女人是社会塑造的产物，大女人更是社会塑造的产物。

"大女人"也可能被追求安全和公允的人读作"大——女——人"，这将是个回到常识的启蒙：大——女——人，每个词一个音节，不多也不少，正如"大——男——人"一样不偏不倚，如大女人之于大男人的区别、平等和独立。但这仅是个美好的假想，"女"和"人"之间的距离与"人"和"大"之间的距离永远不可能相等，因为有毒的果子早已种下，植入在"女"字本身的构造里，甲骨文的"女"字像一个敛手跪坐着的人形。考查其他国家表述"女"的词汇，也会发现"女"字本身就有点"不大"。女，希腊文为 Gynaíka，意思是与阳对应的阴性，主要指妻子。英文 female，woman 的词根 male，man 均为男性，从词汇构成的角度，规定了女人相对于男人的附属关系。显然，女人不是以其生命体本身定位的，而是以其从属的男性（性的功能），或者其生产的后代（生殖的功能）进行描述的，这种功利性的描述如此赤裸，真是让人对产房里新出生的粉红色花瓣心生愧疚。这种愧疚如果又恰好来自男性，则似乎可以解读出同情者们深藏的暗自侥幸心理，一厢情愿地表达在某种交换条件下，为女性提供庇护和帮助的愿望。若在"交易"的眼光下看两性关系，只能使差异化的二者之间所剩无几的惺惺相惜更无处立脚。今天关于大女人的话题正是想唤醒和肯定两性间互相的尊重和珍惜。

不排除还有人只看到大女人的"大"字，这却不见得真正符合女性自立自强的英雄主义幻想，也非本人创作《大女人》组诗的初衷。这个"大"字，是种文学性和修辞性的强调，有浓烈的抒情功能，体现出女人的某种倾诉和自立愿望，不希望通过哭泣和叹息，得到另一个性别的同情，拒绝以一种承认失败的策略获得成长壮大的机会，在"小女人"的自我安慰里分享另一个性别的成功果实。

"大女人"，"大女——人"，"大——女人"，"大——女——人"，这是个值得反复叨念的词汇，很少有什么词，比她更与我们相关，但也很少有什么词，比她更让我们觉得陌生，不该有的陌生。哑摸读音所产生的区别，正如每次对她重新思考，提供给自己的崭新发现一样。

"大女人"是一首写不完的诗。Z

大学生诗群
POEM GROUP OF COLLEGE STUDENTS

成廷杰　桴　亘　麦岔　苦岩　陶玉帅
田　驰　汪亚萍　张　肃　张　楠　张奉强
卢　匀

成廷杰　　CHENG TING JIE

1995年生于山西汾阳。闽南师范大学文学院学生。漳州市诗歌协会会员，中国青年作家学会会员。

终南山

最好有一场大雪覆盖
终南山，我还有你
小芳，这样叫你
有些庸俗，像日常
休闲公路车陷于忙碌的惯性
精神　难逃劫数
无法抽身
你看　那些峭壁上攀缘的猴子
玩世不恭　多么可爱
我们盘膝坐在林间
只要阳光穿过
桑叶就尖叫

最好有一场大雪覆盖
终南山，下山的路
如天上的银器脱漆
色釉经纬足够高
足够冷
沉到水中的白光
从冰床上浮起
换气
我们从彼此体内盗取
火种　梅子
执着于一场爱和青涩的性爱
乐此不疲　相互催熟
冬天的终南山一片荒凉
白手起家
我毫无建树
只能隔着一层玻璃
看一条鱼
拥有双重之美

风　暴

父母亲友纷纷散去
屋檐像没入夜空的燕尾
而燕尾是鎏金的
呼吸是金碧辉煌的
我们之间存在着一场巨大的风暴

就在这风暴的中心
小屋安然而沉默
门前的挂灯摇曳蛛网和灰尘
林中的风声神秘存在
耳朵紧紧盯着影子的动弹
我们却一起合上了双眼

你绑在我身上的生命和神秘一起存在着
当烛火燃尽灯芯
最后一滴松油
荷尔蒙的激荡戳破窗纸
你的目光直达枯井的底部
苔藓布满双眼
古木连接
暗涌的树脂盛满琥珀之光
我希望你看见的
深深照耀着我们

我们终于和亲人毗邻而居
我们间隔一生
像是从夕阳中扒落的两片铂金
我们身体是金色的
灵魂是金碧辉煌的
我们之间存在着一场巨大的风暴

就在这风暴的边缘
作为粒子　我们终将形同陌路

桴亘　　FU GEN

1995年生。香港城市大学材料工程与纳米技术专业研究生。作品散见于《青春》、《扬子江诗刊》等。即将出版诗集《唤镜》。

喜　鹊

在蓝绸缎上飞翔，身下
林木如蜻蜓、如池水倾覆于我。

清风、日光，突如其来地晃荡，
让我幻化成了人形。

学习烧炉火、端茶，甚至还要
强撑笑靥。做个让人适意的喜鹊丫鬟。

也有快乐的日子：撷茶、听戏；胭脂有甘草的
甜。
我尽力按住体内欣喜的翅膀，如缤纷的雨。

衰老的日子很快，仍旧依从喜鹊的速度，
脸颊渗出的老年斑，是欲坠的姿态。

黑夜是可怖的：一把多齿的锁
旋不开呼救的通道。

我熄灭了如豆的灯火，窗外的野径
分岔如翻飞。

体内欣喜的翅膀破茧而出。
我尽力按住再也无用的手臂，如缤纷的雨。

骑 语

黑盐之地渐深，香气磨灭。其间
绝对的空间不可进入！
先于叙述的牢笼，骑手不可觉察
暗粒危险——马在滑动

好在马蹄轻似闪电，失衡的骑手
闪念撕开大地符咒，雾气的边陲
你突然想起
那无辜的祖先：
银白啊！那个手艺人贫寒……
寂灭于裁衣。雨半停，袖长推敲时

黄 昏

沿着天空行走，麦芽汁上
偶尔泛起微弱的光亮，而火球突然的跌落
来源于突兀的深邃。晚霞爆裂了一瞬，
便随日光消逝在地平线。黄昏

密度过高，在葡萄酒的静置中沉淀。
云突然聚拢，在深沉的天空里
愈发白皙。它们膨胀，蔓延
就像拧不干的泪滴，长久盘踞在夜空，
又叠成山川的形状，将人世的传说
向苍穹诉说：从前的善男子，匍匐在山路
日日夜夜，磕头的血迹印刻山间的砂石。
无根之果，在他额间生出，而信女的绢
终于归了尘土。一声叹息，来源于
山腰颓败的卧佛之像。山顶的寺间，
敲钟声和木鱼声，终于埋入前朝的黄昏。

麦岔　　　　　　　　　MAI CHA

　　本名蔡其新，1995 年生于广东廉江。澳门大学硕士。2016 年获东荡子诗歌奖·高校诗歌奖、广东省高等院校校园作家杯诗歌组一等奖，2017 年获野草文学奖诗歌组优秀奖、首届名作杯大学生作品大赛诗歌组二等奖。作品散见于《作品》、《中西诗歌》等。

要欢乐就有欢乐

你吻我热烈得像一颗核弹
碎片击中喉咙
一个风扇烧焦　仍在吹风

反面的不是问题
问题只在人类身上

小昆虫在哭泣
你说没有听见

魔鬼扫起树叶
脚踝扭伤
这与人类无关

看见吧　全部事情已被遗忘
鱼儿在河流中被毒死

你说上帝又该生气了
人类从不关心自己

小房子被封锁起来
谁也不能随意进入
只有绿色植物攀爬进去
在傻瓜思考时快速缠绕

只有小火种
要欢乐就有欢乐

该杀死什么

万米高空　玻璃碎片　该杀死什么
不可能发生什么事情
只有自己亲近　不会是血

贫瘠之地凭空产生压力
小动物脚步很乱　听不进呼唤
叙述者扑倒在地　那是巨大幻觉

杀手客居山中　他每天问：
早啊　飞来飞去的鸟儿
时隔多年　你们都还没有死去
不要冒冒失失
今天没有果实可啄食

苦岩　　　　　　　KU YAN

　　本名苏致龙，1995年生，贵州赫章人。贵州师范学院物理与电子科学学院学生。

六月十五日与朝花众人烧烤

和一堆蔬菜、荤肉，一起
辣椒，兼有食盐
在某些微弱如炭火的温度

灯芯：如信封般
掉入精心捕捉的帐篷
一如壁炉，波澜不惊

空心如火焰，偶然四窜
——不是困于瓷罐
舔舐：植物油以及，烧烤汁

某些倾斜的幻象，预告
干涸的饥渴：啤酒如拱桥
撑起的不外是陈旧的伤疤。类似
林间藤蔓的弧线，微动
如，飞转的闪电。

我不由得想起——
傍晚薄雾中静默的，疼痛
彼时，火车被架在火上
适当揭露，某些微动的恐惧

事实上，被火烧烤
——未尝不是一种幸运。

空　空

轻盈的，夜落下来。伴随着落下来的
是雨——
单薄身子屋檐下四处徘徊，漫无目的

我关上窗子的时候，有，隐秘的透明
飞溅；
早年寄放的咳嗽，便也来得恰到好处

而窗外，香樟树摇摆不定，轻易掸落
一小串，柔软圆润的，颗粒
根植木纹的土壤：表面生出短暂泡沫

一阵谨慎的风吹过，远山青翠，薄雾
朦胧。一群雨，在人间漫步
——它们斜站着并且靠近，紧密重叠

在静寂的黑的夜里，精确称量，切割
被：堆成块状、条状
它们围筑成棱角分明的大厦：非自由

零落的，一滴雨的体内，空空，如也
关于忏悔——
想来，加入些许怜悯应是无甚大碍的

父亲的遐想

轻轻地说，轻轻地
漫步。一些苍老
漫不经心地，
穿过父亲，和夜。

清凉的——
时间啊，如水透明。

一些沧桑
小心翼翼地
长在，
父亲的浑浊。

关于土地，关于庄稼
他说——

"我们都老了，
却也年轻着。"

陶玉帅　　　　　TAO YU SHUAI

河南南阳人。新乡医学院学生。获河南省元象诗歌奖、野草文学奖优秀奖、邯郸大学生诗歌奖二等奖等奖项。

年　关

关不住一腔热血
在凌晨，冷冻为恼人的敬意
近日，你每次醒来
身体都重新灌满去年的雪
手掌，依旧垂在悬崖的旧风景
确实是你，沉溺否认
不是预感的果实迟迟不肯落地
是这一年囤积的计时器
又一次死得无名
甚至，连坟头草都不会茂盛的蹊跷
在这个热闹的像偷窃的时刻
你说，你还想继续模仿鸟叫的声音

即使窗外的枪声不停地催促你走向现实

对于人脸的辨认

每天都有太多的脸飞奔而来。
排着枯燥的长队
等着我内心世界的寒山寺肆意揣测
看它是动物的还是植物的
倘若是植物
是我书桌上宅居的马蹄莲
饱含实验的脸
还是远在乡下不知疲倦的狗尾巴草
咬紧城镇化的脸。
倘若是动物
是沙发上睡觉磨牙打呼噜的猫的脸
还是动物园里
山上跑下来的老虎滴水不漏的脸
好像好多年来我就站在这
看窗外
冷热的脸层峦叠嶂
阴晴的脸遮天蔽日
好像好多年
我都没有了冲动，再次跳进眼前人世的瀑布

田驰　　　　　TIAN CHI

1990年12月生于江苏泰州。台湾清华大学中文系学生。复旦诗社第33任社长。获光华诗歌奖、樱花诗歌奖等奖项。入选第五届星星大学生诗歌夏令营。

纪念日

他们曾经约定今天去看白鲸，喂它
桃李和水花。他们曾经约定很多事
并各自窃想，触到鲸腹时点燃它们

他似乎离开了一会儿，似乎又没有
每天，他趴在李长吉袖口攒海底的
传说，就是那种静蛰于气泡，浮出

水面却拼命扇动彩翅的鲲。攒够了，
这群锦书将会堆出一粒云，把那头
酣睡的鲸托高万尺，托到她的面前

维罗妮卡决定永生

凌晨两点钟，为她念了几篇青稞故事
字体是致梦剂量的淡红色，声音
是小夜灯光晕下滑落的琥珀感葡萄汁

轻盈的朗读之后，她并没有入睡
我的小女儿，像一脉尚未剥开的
耳机，微痛地咬着我的耳朵，嘤咛

我大概是无法安放胡碴横生的下巴了
无措的双手搂着小小的、柔软的棉球
像试图在纵深的雾里触碰仰躺的狸猫

在以后的哪块时光碎片中，她会记起
这个晚上？记起勃拉姆斯的旋律下，
浓重鼻音构成的笨童话、拙寓言和催醒术

等她长大，我一定会推荐书架左侧的
这本书。我猜想她一定会爱上它
是的，我承认，只是喜欢书名，仅此而已

汪亚萍　　　　WANG YA PING

笔名玉沉，1995年2月生，江西吉安人。陕西师范大学外国语学院本科生。江西省作家协会会员。作品散见于《作品》、《星火》、《东莞文艺》等。

在奔往南方的列车上

在奔往南方的列车上
写字、打坐、假寐
遇见一个女人，大眼睛
和我一样的长发
有和我一样年龄的女儿
"我年轻的时候，很多人追我
他们有钱也有容貌
我一个都不要
我选了自己喜欢的
时光倒回去
我还会这么选"
"女孩子要对自己好一点"
"我时常想，我现在和你这样说话
以后，在某个地方某一节车厢
也会有像我一样的陌生人
和我女儿这样倾谈"

饮　酒

我幻想和一些人饮酒
那些人，千里跋涉而来
长发不羁，赤足踏过很多年
星光的眸子，笑一弯月牙
素白的手指，斟一碗琥珀

即使无笙箫
即使无笙箫

后来我遇见很多人
都不是那些
在故事里出现过的人
我甚至怀疑一场大雪不再飞扬了
不关风月的、白茫茫的

于是我和手里的酒杯
变成——
很多人

桃　花

此生
我就是桃花了
容颜干净透明

我不曾灼热
不曾在诗经的往事里
等待新娘路过
也别谈什么
见证崔护钟情那姑娘

别的桃花却记得

我只
心无旁骛地
做一朵春天新生的孩子
在池水边上
在高处
一缕一瓣地
剥开自己

若是风急，不慎跌落
恰逢僧人敲木鱼

他　以掌心接住我
擦拭我
我仍然可以
不被赋予任何含义

张肃　　　　　　　　ZHANG SU

1992年生于重庆云阳。长江科学院研究生。

山　行

一团云，悬在远远的山头上
稀松的树木列队从山脊向蓝天深处进发

是的，总有比远山更高的远山
总有弯曲，把之前的弯曲折回

就这样走了一个下午，穿越集镇
紧锁的铁帘门对尘埃闭口不言

只有石灰涂出的方正汉字，提醒我
这仍是一个要注意生育和致富的日子

多么绝望，一个下午，从集镇到集镇
初夏的风摇动山间透出悲悯的柔光

而云还在那里，峰峦隐没
或许树木已经抵达

墓志铭

没有功业，对联
也是古传的，讲道理
我是不信这山坡上任何一具遗骨
会有千古名

死者的名字侧面，是儿女
是儿媳，女婿，孙子，外孙，曾孙
这些密集错列的人名
像墓穴之下
一整座山的岩石和碎土

在我家乡，一个人
就是这样被推举起来
靠近西南一隅，荒废
而无限深沉的天空

记大雨初停后黄昏又雨

窗外的雨又下起来
香烟熏肿的眼睛像一颗
水母，光线淡漠
声音是天堂的盐粒
我把修辞铺开，有人赤脚
带着词语和这个夏日
都不曾有过的灼热

房檐充当湖岸，余生的
爱情，充当马
沙沙的步子被蝉鸣惊退
夜与黄昏之交，进入传统的叙事
哲学之一，蜻蜓和蝴蝶
哪种飞翔更轻，记忆的天平
折成此时一只灰喜鹊的尾

赤脚的人又来了，踏着满地染血的
碎镜，视域昏黑
柴火和人间在一杯水中远离
我孤独的母亲，掌起
群山簇拥之下风暴的余焰

张楠　　　　　ZHANG NAN

笔名沉草，1997年生。陕西师范大学大三学生。

空心生长

这么久了，我们没学会告别
仍为一些理所应当的事哭泣

子夜时分，大地梦见投向自己的雨
夜袭者闷声一拳
在某一刻的绵延中，砸响了
另一个维度的叹息
夏夜热浪，正幻想自己飞离地表
我们迎向她的裹挟——我们
远离了呆板的花草、聒噪的蝉
远离了霓虹灯和黑暗
我们足够高了，足以没收整个城市
但无法剥开这夜晚，一层层的星辰
或许，从现在起我们该多了解宗教
为自己的脆弱提前物色一到两个神
以便于站在背阴处，空心生长时
不至于念叨：旧时月色。
而我那些无需浇水就结出的透明诗意
无人能够捣毁

因为它们在冬天到来时
已尽数皲裂

病　房

我以为，床褥上的破洞会涌出海水
退潮时的水；随落日一去不返
留下贝类盐渍过的灵魂，被嵌入
医院墨绿的墙，病床是漂浮的
大岛。药棉舒展了身体
梦见海上日落、碘色的虹
电流敲打神经，溅起一串
奏鸣曲：叮

针头掉了，地板不敢动
我展开药方：
"凡力量所在之处，从不倾心于秩序
凡脆弱之物，常善于武装。"

张奉强　　　　ZHANG FENG QIANG

笔名旧年，1998年5月生于山东济宁。鲁东大学中文系本科生。

山雨欲来，我在此刻回头

很多人的呼吸开始变得均匀，一切疑问
都在山色中随气息起伏
灯光微黄如秋，浮在白纸的边缘
像尘埃被尘埃打落，蒲公英被蒲公英吹散
每一个有苦楚的黑字你我都无法拆解
最自由的是那棵潮湿的杉木
树上长出眼睛，不看别人，只看自己
那滴虫鸣平静如水，每一滴都藏着故事
在清澈的林海里旋转
我从远山开始远走，无声无息，时常被遗忘
幸好还有一块石头，在我孤独的梦中均匀起伏
山雨欲来，我在此刻回头
看你，看得比任何时候都要通透明白

年久失修

毫无征兆，梦从我的脑海里赤身游过

星空下的马匹安静地吃草，而草下
马匹的安静将星空之上的草原延伸

草色莽莽如雨，有身外之海，夜幕为石。
星穹是一盘大开的古井
向着山水和人间

深夜的风在我的梦里，一直流淌
从贝加尔湖心到高山流水之北
从星河之中，到我左耳之左

年久失修的自由，无数次立在天际

嘶鸣，哒哒的马蹄从草原上消失
从此，我在人间销声匿迹

河流之上

是于黄昏之后，还是一瞬间之前
一座桥梁从我的微躯上，打马而过
桥洞安静得像一条鱼，喝水、觅食
然后躺在晚风中，仰望河面
一辆从尘世里驶来的车，在桥梁面前
减速，最后停下。变作一个人。
这让我沉思不已

雾霭在芦苇深处，一直向上
而那硕大的东西就此沉下
游于暮色之中的归鸟，选择人间
最普通的憩息
河流静止，虔诚的人为此停留

卢匀　　　　　　LU YUN

本名唐本靖，1997年生于湖南衡阳。南开大学计算机科学与技术专业2015级本科生。

父亲与雪

雪再来时，地面被铺得通俗易懂
没文化的父亲
却是在读它的时候，头发又白了一圈
他的脚印比我的更浅
喘息的声音比我的更大，以及
对寒冷的雪夜更为惧怕

雪把天空映得锃亮
父亲的脸上却多了几斤暗色
是昏黄的，北风吹过的
也是他成为"老头"的资本

与雪的降落或融化同步的
有我的回家或离家
有父亲肩负行李的背影
还有这个坚强男人眼窝的变浅
前些天在火车站，我看到
他手中的香烟直熏眼睛

我仿佛又看到
寒风里父亲颤颤发抖的同时
盼望着另一场该死的大雪

秋天的湖

再无更多的眩晕
再无更多时间走过的波痕
一抔黄土滚落湖中，它没有因此
变得更深
当某条鱼遍历湖的中央
除了那些紧张的水蜘蛛，也没有更多发现
风吹穿我的身体，吹向粼粼的秋天
自视甚高的白色大楼立在那里
俯视我，看透我荒芜的内心
楼中空无一人

就像这成串的否定词
澄澈如镜的湖水，是死的
照不出我曲折的少年——
两根潜藏已久的银色头发

中国诗选
CHINESE POEMS

简　宁　王单单　孟醒石　大　解　江　雪　芦苇岸
潘红莉　柴　画

倾听阳光

简宁

> 盯住生活的脊背。
> 他们是一个谷
> 比单独一茎草更温柔
> ——艾吕雅

一

蛰伏在太阳的金爪下面
当热浪从幽暗的深渊淹没头顶
当喧号的兀鹰一次又一次
扇动射出刺目光晕的翅膀
我把手掌搭在前额
若一片因炙热而微微战栗的树叶
时间的墙在身后哗啦啦崩溃
再也无法转回的
是凝视得太久而盈满泪水的目光

一片幻形的云
开放出蘑菇状奇幻的图案
赤裸露骨地
爆发太阳的轰响

我的四肢在生动地延伸
仿佛水底珊瑚，涨满鲜血的渴望
心脏，却像一只松鼠
陡地蹿到高高的树杈
告诉我，攀住什么心才不会坠落
告诉我，追逐着它围猎着它瞄准着它的
是来自哪一处的如此尖锐轰鸣的喧嚷

二

我再次来到了渡口。

在时间张开她处女的眼睛的地方
我从滔滔白浪里跳出来
无数支金黄的投枪射向我。我被雕刻。

我在金蜜蜂嗡嗡舞动的晕眩中微启眼帘
看见太阳像只辉煌的苹果在大地的肩头
伸展一束芳香的谷穗
我像太阳那样旋转着
我的舞蹈建筑了关于山川和野兽
土地和歌谣的殿堂
当此刻，堂皇的太阳展开金翎
我踏着金属的声音来到渡口
橄榄枝翠绿的叶片闪耀在
我深沉的眼睛的湖底。但我茫然。
控制乌云和联系土地的船
在太阳风强烈的骚动下摇摇晃晃
彩色的星辰泅然熄灭
小丑们从报纸后面向人群投掷手榴弹
石头也发出焦虑和忧惧的长叹
太阳太阳太阳，我代表人类发言。
我是一名战士。核门槛。

三

那面对一只空洞的杯子
浑身痉挛嘤嘤哀泣的妇人
是谁

那扶住坍塌的桥栏
噙着泪珠仰望凄清的星光的少女
是谁

作为战士，我怀念……

（一个风雪凄迷的夜晚，一个乡村茅舍。
一群孩子和吸着旱烟的老人。
一座砖头搭起的炉膛。
一炉火炭闪耀着温暖柔和的光芒。）

是哪一声雷震翻了他们的屋顶？
是哪一阵风旋起他们的眼睛
在门外惊惶地朝远处张望？

头颅啊头颅，罗丹的"思想者"
那支撑起你头颅的手臂为什么会发抖？
怀念啊怀念，毕加索的"鸽子"
哪一条闪电比你美丽的翅膀更有力量？

地球默默旋转在我的怀念里
广岛和长崎
是他健壮的背脊上两颗霉黑的斑点
仿佛插入了两根隐毒的针尖

四

有一个人做拥抱天空的姿势
张开臂膀

他呼吸的时候发出青铜的声音
两只黑眼睛里开放着两朵玫瑰
熏沐在来自月球的痛苦而温柔的凝望里

他站在土地上,世界发出庄严的信号
九颗在天空喧哗着骄傲残酷的太阳
在他勇猛的箭镞下溃落
就像九只被射中的金毛兔
最后一颗太阳仓皇而驯服地
回到了原来的路上

当雪白的鸽子重新拉响金色的鸽哨
每一个黄皮肤的人青青的脉管
都是他的故事流传的家乡

五

伫立在地球东方的岸上
倾听阳光,我听到隐隐撕裂岩石的声响

三足鸟仍在我的身体的海洋里翱翔
太阳在图腾舞蹈中旋进我的胸脯的形象
也孵化了我的血液里几亿亿更多的太阳
人的手指将摘掉开在天空的毒蘑
在太阳爆炸氢核的辐射中
诞生和成长起来的人类
将像拥抱一个孩子一样拥抱太阳

作为战士,我将永远复员
让河流和星空在我的臂弯优美地
聚集成电

原载《解放军文艺》2017年第8期

自画像 〔组诗选三〕
王单单

叛逆的水

很多时候,我把自己变成
一滴叛逆的水。与其他水格格不入
比如,它们在峡谷中随波逐流
我却在草尖上假寐;它们集体
跳下悬崖,成为瀑布,我却
一门心思,想做一颗水晶般的纽扣
解开就能看见春天的胸脯;它们喜欢
前浪推后浪,我偏偏就要润物细无声
他们伙在一起,大江东去
摧枯拉朽,淹没村庄与良田
而我独自,苦练滴水穿石
拣最硬的欺负。我就是要叛逆
不给其他水同流的机会。即使
夹杂在它们中间,有一瞬的浑浊
我也会侧身出来,努力澄清自己

愿 望

抚平额上的峡谷,解冻头顶的雪山
压住你卡在喉间上气不接下气的咳嗽
你终于明白,人生最美的东西都在背后
你一直想,扔掉拐杖、老花镜和助听器
从耄耋撤退,退回到古稀,退回到花甲
退回到你办公室的椅子上
翻牌、斗地主,熬你退休前漫长的天命
退回到不惑,退回到主席台上,高谈阔论
欺人或者自欺,带着一头雾水
到你的鲜花与掌声中去拥抱、握手
退回到你的而立之年,娶妻生子
做房奴,按揭青春,为柴米油盐
和她闹得你死我活
退回到你风华正茂的年代
去花前月下,做风流的鬼
去恋爱,去工作

去做社会主义的接班人
退回到你顽劣的童年
马路上，挖闪脚坑
舔九妹扔掉的糖果纸
退回到你口啜拇指的年代
从母亲"幺儿乖乖"的声音中酣睡
最好是收起你呱呱坠地时的哭声
最好是交出你睁眼时的第一缕阳光
退回到子宫去
最好是，把人间也带走
像不曾来过一样

自画像

大地上漫游，写诗
喝酒以及做梦。假装没死
头发细黄，乱成故乡的草
或者灌木，藏起眼睛
像藏两口枯井，不忍触目
饥渴中找水的嘴。
鼻扁。额平。风能翻越脸庞
一颗虎牙，在队伍中出列
守护呓语或者梦话
摁住生活的真相
身材矮小，有远见
天空坍塌时，想死在最后
住在山里，喜欢看河流
喜欢坐在水边自言自语
有时，也会回城
与一群生病的人喝酒
醉了就在霓虹灯下
癫狂。痴笑。一个人傻。
指着心上的裂痕，告诉路人
"上帝咬坏的，它自个儿缝合了"
遇熟人，打招呼，假笑
似乎还有救。像一滴墨水
淌进白色的禁区，孤独
是他的影子，已经试过了
始终没办法抠除

天书 〔组诗选三〕
孟醒石

酒 国

那个每天早上喝一碗烧酒的木匠
是我的堂兄。不喝够酒
他的手就会颤抖，一不留神
便把墨线画成警戒线，将花窗雕成铁窗
那个浑不吝的黑大汉是我的表哥
喝干二斤白酒，爬上超高压输变电铁塔
讨薪。同乡们拿到了薪水
他像风筝，挂在上面
而我表弟，酒后经常打老婆
往死里打。老人以为得罪了神灵
请法师作法，烧高香，迁祖坟
他邪性不改，更魔怔
终于把老婆打跑了，只剩下四岁的儿子
在七倒八歪的空酒瓶里找妈妈
与他们不同，我苦读诗书
练剑胆琴心，依旧没有把酒瘾戒除
经常烂醉如泥
糊在墙上，就是一张中国地图
华北平原愈加空旷，只剩下老人和孩子
兄弟们星散在大中小城市，越发虚无
在他们眼中，朝阳和落日都是失败者
像两颗瞪大的眼珠，血丝，通红
何况一介书生？地下水
漫延流淌，到我们这一代
早已没有了血性，只有酒兴
哭有什么用？

洗 白

我把一件件脏衣服
扔进洗衣机
波轮转动，产生一个又一个旋涡

昨天的我，前天的我，大前天的我

都在旋涡中挣扎、纠缠、翻滚
直到变成一股汹涌的浊流

如果不洗，不知道自己有这么脏
而洗白之后，我的热血、体味、冷汗
竟然都成了下水道的排泄物

肯定有什么不对的地方
一件件衣服，吊在晾衣绳上，空空荡荡
风干的过程，如此无助，如此恐慌

空　巢

鸟，没有国，只有家
鸟的家在树上。而树，有国，也有家
漫山遍野的树，属于北国
属于太行山民

玉兰、海棠、杏花、梨花，次第开了
鸟还没有从南国回来
梧桐、杨树、槐树、榆树，即将吐绿
空空的鸟巢，在光秃秃的枝头，特别显眼

越往深山里走，空巢越多
很多村庄都是空的，青壮年远走他乡
只留下老人和孩子
互为彼此的家和国

等枝繁叶茂，能够挡风遮雨了
鸟就会跨过一条条分界线
不远万里飞回来
在此产卵、孵化、教养下一代

等整座太行山，被浓密的夏天层层包裹起来
这些老人、老屋、老村，就看不见了
蛇爬进鸟巢，吞吃雏鸟
盘成一个句号，外人也不会知晓

以上选自《芳草》2017年第5期

大解的诗 〔组诗选二〕
大　解

起风了

空气在山后堆积了多年。
当它们翻过山脊，顺着斜坡俯冲而下，
袭击了一个孤立的人。

我有六十年的经验。
旷野的风，不是要吹死你，
而是带走你的时间。

我屈服了。
我知道这来自远方的力量，
一部分进入了天空，一部分，
横扫大地，还将被收回。

风来以前，有多少人，
已经疏散并穿过了人间。

远处的山脊，像世界的分界线。
风来了。这不是一般的风。
它们袭击了一个孤立的人，并在暗中
移动群山。

河边纪事

1

小河水浅，慢慢流。
来自往年的风，由于散漫而变成了空气。
已是下午，时间在水面反光，有减弱的迹象，
天上漂浮的云丝，也将散尽。
天空就要干净了。不该出现的一群鸟，
凌空而过，转瞬消失在倾斜的光线里。

2

一群鸭子在浅水里游弋。

远处有冒烟的人家,
看不见狗,但是传出了叫声。
或许还有鸡,在树荫下散步。
鸡若学会游泳会下出鸭蛋。狗就不必了。
在下午,世界已经完成了分类。
草是草,水是水,而石头
安静如初,懒惰地躺在河床里。

3

傍晚的太阳会变大,
而一个老人会缩小,甚至弯曲。
他出现在河边,身影越拉越长,
无意中从体内,
分泌出一个虚幻的巨人。
年少时他曾在河边奔跑,
倘若他一直往回跑,将回到女娲身边,
变成一块泥巴。
我的天啊,不敢想了,
我是不是遇到了人类的祖宗?

4

大地再倾斜几度,人类就会下滑,
像河水流向低处。
河流的法则是:一直往前,
到了大海也不回头。
我就佩服这样的事物。
我也佩服那些死在往年的人,又会来,
换个身体继续生活。
他们已经找到通往来世的秘径。
不能再说了,一旦他们扛着撬棍走来,
把大地撬起一个边角,我就站不住了,
我会倾斜,像河水流啊流,直到最后,
还在流。

5

天空里有一个太阳,
倘若再出现九个,也不是没有可能。
现在已是傍晚,那个走在河边的老人,
布袋里究竟藏着什么,谁也说不清。
他出现的时候,有人在西天纵火,
更多的人假装走路,实际是在逃避,
不愿承认大神在远方拉下了白昼的帷幕。
会不会有无数个太阳缩小成星星同时出现?
我经历过那样的时光。

我活过。我也老了。
我的体内,住着一个传世的灵魂。

6

不能过多猜测,也没有必要
对一个老人疑心。跟在他身后的狗,
是来找鸭子,而那些躲避鸭子的鱼群,
正在河里寻找它们的妈妈。
傍晚了,光是珍贵的,
老人的布袋里,装的可能是火种。
也可能是空气。
赶上歉收年景,空气也能充饥,
老人不会轻易放弃一场大风。

7

傍晚了,大河流入国家版图,
小河守在乡村。
在大人物眼里,那些瞧不起的
微不足道的小溪流,也有美丽的风景。
炊烟,鸭子,狗,老人,布袋,
鱼群,波浪,卵石,草叶,清风……
夕阳就不用说了,那可是个好东西,
它不能死,它必须回来,
它回来的时候,我们称之为黎明。

江雪的诗 〔组诗选二〕
江 雪

除夕的抒情方式

本色书架上的青藤
遮蔽、纠缠哲学家的窗口
那些来自德国和法兰西的
大师,在岁末问候一个中国诗人
问候土地的屈辱
问候人们在星光下的沉默
寒冷,早已成为节日的幽暗传统
温良,呈现遁世者的本性
除夕降临,抒情的鬼神
在哀思中激活僵硬的祈祷词
我们围坐在餐桌旁

说谎者继续说谎，饕餮者继续
饕餮，疯癫者继续
疯癫
我们围坐在墓碑旁
观察、抚摸那些失传的碑铭
一股青烟从墓孔冒出
那一刻，我们回溯一个王朝的简史
包括墓中人，灵魂出窍的
绝响……

炮　灰

我们仅剩的，残存的手掌
捧住这黑色炮灰
泪水凝固它们，就像被稀释的水泥
我们有哀思吗？
我们甚至分不清炮灰的成分
炮灰从天而降
像一场雪
鬼神为了惩罚我们
抹脏我们的脸
让我们在镜前看清自己
所以我们需要沐浴
需要清洗
却洗不净我们的记忆
它们藏污纳垢
它们四分五裂
它们就像我们身上遍布的神经
抑或无数条河流
开始吸纳我们的呼喊：

炮灰，炮灰。

我们开始滚雪球一样
滚炮灰
炮灰球越滚越大
不断地卷起我们丢弃的物什
它庞大的恐惧
已经超越我们仅存的
想象与静默
这炮灰球大得
像一座随时坍塌的纪念碑：

灰暗，虚弱的沉默。

以上选自《扬子江诗刊》2017年第4期

落雪如盐　〔组诗选三〕
芦苇岸

落雪如盐

在山的阴面，只有落雪
爱着人间。尘世之重如此分明

几根枯枝，裹着棉套的手
在空茫中摆动，像要在绝望之外
抓住什么。雪，细腻如盐

撒在冬天的伤口上
风尖叫着扑来，仿佛受刺激的妇人
初遭无常的命运

站在风口的人，脸缩在头帽里
只剩呼吸在关联外界
这人明白：埋首尘世，是天意

细细的雪，洒在身上，落在人间
寒风自在撒野
那些光秃秃的树枝，在默默替人受罪

丛花的幻影

那丛激情的花，被说成高调
招蜂引蝶的现实
来自寒风中孕育；勤奋与坚韧
是绽放的资本
请不要鄙夷那些本真的事物
同样作为花，躲在树荫里的几朵
仰着脸面，贪婪地觊觎阳光
藏着芳菲，为的是诱导
占有欲极强的眼光

何堪寂寞？是为了遮掩欲望
蜂蝶不拒，其实用心很深
本性在灵魂深处，开出死亡的花朵

在沉寂，在隐忍

天空可以忽略不计
路边的树，高大、挺直，不落叶
风握着寒刃，哗哗的响声
响了很多年，地上那么干净
多少人走过，也看见
却都默默无语。除了风
一切都沉寂，隐忍
两只无名的鸟，出卖了心跳声
这还是昨天的鸟儿吗？
多少永恒的事物
多少年了，一直站在我们的生命里
踩过的脚窝边的
沾满尘屑的小草，也若有所思

原载《十月》2017年第4期

时间的悯唱〔组诗选四〕
潘红莉

有雪的故乡

大雪来时，数不清的寒冷来了
北方总是过于实在地抛洒落雪
对于冬天的忠诚从不食言
街上的人他们同样顺从于冬天的命运
他们将灵魂裹紧只炫耀色彩的羽毛
他们将低泣挣扎向往的温暖
覆盖在冰雪之下只让雪的赞歌　高调
随风力旋转　夹杂着试图的摧毁

摔在面颊上的风雪有时像刀割
但是没有刀割的雪和冬天还算什么凛冽
冬天的气概就是踩着嘎吱嘎吱的雪

和这个季节不离不弃也不迷失
就是看弥漫的前世回来送你新的发现
山河还是山河但烟波别样浩淼一线

这个世界突然的擦拭只剩下宁静
如果没有雪的故乡　如何称得上壮阔

云之上

当我在飞机上俯视大地　灯盏
镶嵌在俯卧的黑色大地上
我看见勺星　链条星　玫瑰星
它们形色单衣像水样得永恒

让夜晚的大地更黑吧　星光才会根植
我才会在云之上看夜晚万物的生长
闪耀的银带，像天空的遗落
只有在云之上可以看得见

旧时光

那敲打的声音像敲着岁月的流痕
熟悉的气息就这样永不复还　永不
我的摆放鲜花的木质窗台　像被撕裂的棉花
你看钢的砖的裸露　旧日子就走远
年轻的模样就送给绝不是谎言的日子
我是说楚天还会出现　我的旧日子就不会了
尽管我的房屋还会新　新的耀眼深处的
寂寥无限　大地啊　那些高驻的美
我阅读的速度已经减慢　慢到苍凉的根部
老是什么就是现在就是和时光中的旧通融
就是对玫瑰已经高不可攀　并且将骑士的盔甲卸
　下

雪　时间的悯唱

现在天空已经微黑　在有雪的工厂街
多年前那些灰色的矮的楼房已经不见
楼房中有些我熟知的人　时间将他们驱散
一些面孔关闭了呼吸　在路途不会再有偶遇的惊
　喜

这时的大雪让寒霜挂窗　忍冬开在屋内
像雪中的吊唁　大地像一张惨白的脸
冬天的幡有雪关照　工厂街省略了一些人的名字
就像我刚刚走过无声的雪　有林带的路口
正受邀于明年的春天　可是那好像很遥远
你们和你们　谁会止于雪　返回到现实

其实工厂街的灯火在今夜那么绚烂
而我却以雪为明焰　在雪中游牧
地中海的海浪也是白的　和今夜的白毫无区别
轻易地就掩盖了过去　只有远山的雪在今夜闪着
　　银色的光芒

原载《中国诗人》2017年第5期

内心的屋脊 〔组诗选二〕
柴画

浮生记

在这座城市住着，我总喜欢去酒吧小憩
去看奢华吊顶灯泼洒出一个宏大非凡官殿
去看猩红的葡萄酒像孕妇的血液，它柔软
又雪亮撕扯我的脸，不锈钢的椅子扶手
照旧冰凉渗透我的肌肤入心，其实
我就算穷尽一生的精力，也不可能将一截铁
焐热，你说是吧
这该死的身体穿惯了西装竟
突然想穿：民国的长衫、唐代的洋装
甚至无限怀念，对襟、琵琶襟、大襟

斜襟裹体的民国的小家碧玉，如今
这些也只有在派对或戏台上才能穿
上街必须脱掉
回家必须脱掉
工作必须脱掉
当然，若真的想穿，那只能一个人关上防盗门
在城市坚硬的水泥房子里，自己做自己的君王
纸上放一堆烈火，将所有俗事流放边境

天生丽质

女人的最高境界是妖，次此成为狐狸精
喜欢妖的男人为极品
喜欢狐的男人为上品
比如商纣王比如聊斋里进京赶考的书生
那旷野深处的墓府与驿馆夜半的陪读
正品皆为凡夫俗子、普罗大众
妖总是奢靡
狐犹如罂粟
以前的妖喜欢蛊惑、帝王之玉玺
以前的狐喜欢题名金榜的士子、举子
如今，妖已经香消玉殒
而狐依然出没市井、巷陌里
只是如今痴迷妖的男人我不知还有没有
只知道被狐缠上的男人如今叫"金龟婿"
我们认为人可以缺这缺那，只要不缺钱
圈子、宴会、家族，父子之间的相濡
中学、大学、参加工作——
于是乎，姥姥的话成了真理
我渐渐被淹没在水深火热的城市里
于是乎，提到钱，我就眼睛发亮

原载《上海文学》2017年第8期

爱情诗页
LOVE POETRY PAGE

西湖：白蛇传（组诗选三）/ 洪烛
写给梯玛的九十九封家书（组诗节选）/ 倪金才
南方美人（组诗选四）/ 冯朝军

西湖：白蛇传

(组诗选三)

□ 洪　烛

白蛇传·我的影子叫小青

我和我的影子来找你
我叫白素贞。你可以把我的影子叫作小青
她是还没有爱上你的我
她和没爱上你时的我像极了
看着她，你就知道我以前的样子
没心没肺，无忧无虑
甚至不知道泪水是甜的还是咸的

我用影子给自己壮胆。没有她的陪伴
我还真不好意思来见你呢

我没有嫁妆。影子就是我的嫁妆
我的爱没有证人。影子就是我的证人
她证明我有一个无知的青春
以及你所能带给我的变化
两相比较：你就明白爱真是一种造化

即使我在你身边慢慢老了
我的影子仍然拒绝长大
她还将证明：我为爱付出的代价

别人都把我的影子当成另一个人
只有你知道：她是另一个我
一个还没有学会做梦的我

你可以伤害我。不要伤害我的影子哟
她什么都不懂的啊
没做过梦的女人都是青涩的

我陪伴着你。我的影子陪伴着我
我给了你全部

白蛇传·西湖雪景

你把我从长亭送到短亭
再送到湖心亭，剩下的就是水路了
船的缆绳，是你解开后递给我的

大世界，只有巴掌大的湖心亭在下雪
周围的雪全落到水里，眨眼就化了
是啊，它跟我们没有任何关系

雪落满我的斗笠，你的蓑衣
染白了你的眉毛，我的胡须
有那么多的话要说，顾不上掸去
在别人眼里，很像是一个雪人
在送另一个雪人

送的人不冷，被送的人也不冷
看的人有点冷

因为只有看戏的人明白
正在上演的是生离死别
戏中人，却忘掉这是戏了

白蛇传·花港观鱼

你在找我，我在找鱼
你在人群中找我，我在鱼群里找你

鱼会变成人，人也会变成鱼
你喜欢穿白裙子。那些穿红裙子的
像你，却不是你

像我这样的书呆子也有很多
一看见你，就走不动了
这个世界上，没有比你更大的奇迹
水里冷吗？要不要我暖一暖你？

人海很大，西湖很小
你没认出哪里有我，我却认出你在哪里
你在远远地看鱼，我在偷偷地看你

你一遍又一遍地喊我的名字
水像隔音玻璃，我听不见，没法答应

我一次又一次地找你的影子
找到了，又弄丢了

写给梯玛的九十九封家书 (组诗节选)

□ 倪金才

梯玛,现在我喜欢

梯玛,现在我喜欢
在人间听风
在人间观雨
在人间看散淡的白云

梯玛,不晓得从哪天开始
我爱上了学校后面的小路
爱上了路上的小草、旁边的树林
爱上了树林里经久不息的鸟声

不晓得从哪一刻开始
梯玛,我开始远离人群
远离这种叫人的动物
我怕他们刀子般的眼神
豆子般的心眼和
衣衫也遮不住的欲望

梯玛,不知道有多久了
我一个人独处
一个人思考
一个人面对那青山
那流水
在人间生活,却关注
人间以外的事情

梯玛,我还活着

梯玛,我还有一颗心
扑通扑通在心口跳跃
还有一双眼睛
滴溜滴溜在人间转动

梯玛,我有一双手
还在处理人间的事情
一双脚,还在梦想
把人间走完

梯玛,我还有一腔热血
还有一肚子的花花肠子
满脑子的奇奇怪怪
需要在人间落实
在人间交代

梯玛,我有一个愿望
至今根深蒂固,如蟒蛇盘旋
似大河奔涌
我还想在人间
干想干的事情
并且把它干成

梯玛,我还活着
我还会活着
在这污秽的人间
为了一些人间之外的事情
我还会保持一份清白
给天上的你看

南方美人

(组诗选四)

□冯朝军

六里桥南

一整天,雨在不停地下
一些伞飘来,远去;又一些伞飘来
远去。我坐在窗子边给你写信
一封邮件改了又改。末尾处,我写下
六里桥南,这个地名
我在的地方。不管你,来
还是不来。邮件发出,那些字
像雨的亡灵,六里桥南,是它
留在尘世上沙哑的尾音

风一直在吹

喜欢蓝色,是记住了她蓝色的衣裙
热爱远方,是更热爱飞翔的翅膀
一些安静的日子,是从叶子的声音里落下来的
一些诗,取自叶片间那些细碎的光芒。而终究
物是人非啊,那座年久的石桥上,新人走过
一些感伤,源于年轻的你像镜子一样。我还活
    着
还热爱生活,一些爱,像风
一直在吹,从未停过

南方美人

不知道积下多少光芒,才有
金子的肤色;更不知道,有多少抗争
才能抵达蜜意的顶端
一只橘子在瓷盘里望着我,期待
欲望的惊雷,唤醒所有冬眠的
动物

窗外
阴山脚下的草原无限延展
西北寂寥。我忽然忆起,那年
南方美人,玉立山顶
那时,夕阳如血,群山如兽
爱情像一堆碎瓷器

异 国

下雨了。她放下餐具,窗外的街面上
已隐现雨的光辉
她推门出去,气息微凉,外文招牌
迎面而来
空气里飘扬着陌生的清甜微苦的气味
长街深深,秋天在落叶上翻转
她忽然觉得,精通的外文里,深藏的
孤独,竟如此绝色
她轻轻地走过一条街又一条街,时光缓慢
她不想停下
打着伞,听凭雨声悄悄洗刷往昔尘埃
偶尔,有一两只雀鸟飞过低矮的建筑,飞进
天空;偶尔,有车辆驰过,有行人
擦肩。她会站一站
仿佛让一段相似的过往经过,从此
天涯各别
就这样,她一直走进灯火迷离的黄昏
她停下来,在街头张望
辨认,惟有一张面孔那么清晰,温暖
映照她被雨打湿的衣衫,她眼睛湿润,不禁
用母语喊出了他的姓名

散文诗章
PROSE PSALMS

歌者围合的苦乐,比星辰更远。
豆粒藏不住新颖的苍翠。
豆粒闪烁。风,奔走在谁不变的凝望中?

——《山歌》

山　歌

□姚　辉

1

　　用谣曲祭奠山势——你固守的灵肉留下阴影，留下，歌谣业已翻越的种种迟疑。
　　歌，或者泪水：历史是一种脸色，岁月，是另一种脸色。
　　你将谣曲磨制成六角形铁器，让山地缩回到鹰的翅翼间，让最初的烟尘，记住你曾不断追逐的花瓣，足迹。
　　你被多少风霜密布的笙歌挡住？在高原，你团黄泥造更多的身影，造风霜压垮的悠远忆念。你让落日脱光羽毛，露一片欲望闪射的苍茫，然后，成为谣曲之源，成为，谣曲试图背弃的所有奇遇。
　　你在山脊上安放星辰与稼穑，安放黑犬眺望的炊烟。你让歌谣自血脉中溢出——这滚沸的潮汐，这青菜上厚实的天穹，这野火之焰，爱与恨的备忘录，就这样，覆上，整部线装的大地……
　　我比歌谣触碰的沧桑更为疼痛——
　　你的咏叹，我的遗忘——
　　星光漫长——哦，我的歌谣，你的距离。

2

　　赴约的人被卡在三月途中。他摘风的叶子，他修改风默许过多年的悲喜原则——
　　水推开传说：春天，在谣曲中，弯曲。
　　他将花朵组合成歌者缠绕的路径。谣曲席卷风雨。他将路途忆写在竹枝上：经过的村落正在坍塌。门楣上的黄昏，被撮合成陶质酒瓮的形状。有人踢飞了错杂的花影。黑鸟说出三种可能随时更换乡土的秘境。牛的目光亦是天涯——谁的天涯？交合的蝴蝶，成为某支预定了多种苦痛的谣曲……
　　三月似是而非。蝴蝶还能够证明什么？野草铺展出高耸入云的疑虑。歌谣从典籍上坠下，赴约的人，错过了最初的饥渴。
　　"花朵里有木质的诺言……"谁诉说？怀抱波涛的人忘记了干裂的嘴唇。三月被藏进红色雨滴中，赴约的人，突然忆起一支歌谣凝重的汗渍。
　　花朵铿然有声。赴约的人弄丢了既定的方向——
　　他是谁弃置多年的悬念？
　　赴约的人，正被所有崎岖的吟唱，一次次铭记。

3

　　石头成为歌谣。最初的月影，泛红。石头上，升起，多少潮湿的安慰。

　　我在石头上凿刻四月粗粝的轮廓，像刻一丛青草，或者湛蓝之星。我知道石头成为歌谣的秘密——这些被反复填充进欲念与遗忘的石头，比青草上的春天，更为寂静，辽阔。

　　谁在巨石内部掘出返青的祖先？俚谣点亮油灯，大地重新献上它沉重的血肉——谁，在石头的幻梦里，找到了属于大地的所有期许？

　　歌者承续着多余的苍茫。但你不能忽略谷物托举的晨昏。你代表了回溯晨昏的所有风向——你是一种启示，是兑现命运的第一份契约，是时间迷官的建造者……你手中的谷物，正缓缓进入，星空黛黑的谱系。

　　你守候过多少歌谣般闪耀的石头——它们呢喃，喧嚣，冥想，独语……你在自己的路途上，不断接近种种属于石头的时刻。

　　你凭借一支怎样苍老的歌谣活着？星空疼痛，你活成石头不变的火势，活成石头裂缝中呼啸的第五种魂灵，活成石头的儿子，抑或父亲——

　　我，将见证你和谁不朽的艰难？

　　歌谣绕过巨石。

　　千百种值得忘却的未来依次闪现——谁，将见证你和我们不变的寄寓？

4

　　含铁的谣曲，可以挂在咳嗽的街衢上。

　　店铺中的政治，披着虹霓的裙衫，披着犬漫长的警惕。你厮守的店铺贩卖过怎样腥臊的幸福？镀金的欲望塞满文件，承诺——你看见歌谣龟裂的脊背。歌谣碎落的静，叮当有声。

　　你试图搬一群山峦到店铺中，让云雾遮掩辛酸，让云雾代替被虚构过千百遍的种种迷雾。

　　你试图让歌谣从铁石中探出身来，露一茬鸟啼般鲜艳的草芽，将水势重新浮雕在波澜中，让歌谣昂一昂陈旧的头颅，触响星空与篝火——你想让歌谣重新成为喷薄的赤日，灼烧生命，以生命吱嘎的回响，撼醒整个绵软的年代。

　　你想在林林总总的店铺中，豢养一株谣曲之树，让它长出九种枝丫——

　　但你不知道，它正长成一只只斑斓之虎。

　　——歌谣抖动筋骨，抖动结痂的魂灵。你想沉默——艳丽的人影猝然裂开，风带来另外的咏叹。店铺上的天空，盖满山的印戳——谁的歌声响起？一滴血，捶打，枷锁深处的潮汐——

　　歌，是一种遗忘。

　　歌者，是一种记忆……

5

　　另外的星宿，记得祖辈斑驳的旧话。

　　练习咏唱的孩童走失在夏天途中。他的脚印上，印着五月沾满泥浆的九个粗大指头——

　　缺的那个指头已成为歌谣恒久的方向。

　　嘘：飞蛾与蝗虫的方向。你的脸和欲望的方向。机构中窃窃私语者油腻的方向。诅咒与爱的方向。饕餮者肿胀的方向……

歌谣不止拥有一种方向。谁的歌谣？刀子藏着千百种钉子；谁的刀子？歌谣藏着千百种钉子——

祖辈的歌谣，也是佩戴银饰的歌谣。大风吹，歌谣忆起所有古老的响动——白银之影，响动。歌谣是一阵剧痛，是醉酒者踩热的茫茫春色，是走失的孩童挂满脸颊的赤色泪滴。

作为谛听者，群山存放过无数坚硬的泪水。孩童成为传说，他属于歌谣的一部分，属于歌谣及泪滴上的折痕，属于群山抹不去的回音。

歌谣，激荡——

孩童在传说里苍老。群山，将学会习惯怎样晕眩的忆念？

歌谣斑驳。祖辈的旧话里，升起，另外的星辰。

6

山势青黛。檐外的烟岚，向瘦削的歌者，借用属土的姓氏。

而我记得歌谣中的风土，风土上的皱褶。山的襟抱扩展无际天穹。你的歌，切割土与苦乐，切割朽腐的种种忧伤——你的歌，裹满草药，以及草药记挂的雨意。

烟岚守候黎明。灰暗的星卸下苍茫，将微光停放在柴火堆里。星辰的影子静静起伏——你的歌谣，填补着星空绽开的空隙。

我记得歌者浑浊的瞩望，记得他烟袋中叮当的日子。歌谣骤响——泪水更换季节。大河抱紧沉睡的涛声。一支桨，开出紫花，像一束被岁月扼痛的奇迹……

我还能将歌谣搁于何处？

瘦削的歌者重复苦痛，重复苦痛预留的美。那片烟岚交付的苦痛没有尽头——瘦削的歌者，重复苦痛深处战栗的挚爱。

山势沉入水声。

青黛的怀想属于风土，属于草药与救赎的灵肉。黎明烟缭雾绕。一支歌，随丰稔的意愿，缓缓融进旭日巨大的翅翼。

7

雏菊转动风的齿轮。在风中，雏菊寻回了飞翔的念头，它想把一些咏唱，放进风飞旋的梦里。

雏菊有银白的惊疑，有愤怒前绯红的脸色。雏菊曾经靠在毛茸茸的歌谣上，打盹。雏菊梦见巨鸟和藤蔓的山河，梦见人影被酒滴一次次，淹没。

或许，雨季不属于弯曲的雏菊。歌谣被五月及流星打断，被苍鹰掠响的苍空牢牢卡住——或许，雨季不属于曙光般漫长的雏菊：歌谣，被雏菊酣睡前的絮语，一次次省略。

太阳在山麓上找它失散多年的孩子。它揪起一茎雏菊，再揪起一丛雏菊——它揪痛了自己的光芒。太阳尖啸，这炽烈的歌谣，又该如何，归还雏菊日日坚守的静谧？

而雏菊在影子里留几只腾跃的虫子。雏菊熟悉季节延伸的千种曲径——它让虫子腾跃，超越累累阳光；它让虫子拥有自己的歌谣，一如阳光孕育多年的幸福——

雏菊吟唱。它的歌谣，转动风的祈愿……

8

歌者接近了青铜的火焰。这是秋天，河风悬于额际，歌者茁壮的骨头，充溢大地的浆液。

歌者为稻禾上吱呀的旭日活着，为儿子手腕上微紫的胎记活着——歌者是一次冀望，是神龛里蠕动的凤愿，是火的背影……歌者拥有的喜乐日渐盛大，一如田垄上璀璨的稻香，歌者，接近了谣曲中阔大的守候。

山川在回望中起伏。你差黑土一缕追逐的灵魂，差野草一道泥塑的闪电，差河岸一堆刺绣的巉石，差水井，一朵永不衰老的百合——你的咏唱漫过历历山川。九月如诉。歌者，差夕照一次痛彻心肺的赞许。

　　谁无法描绘灵肉交错的那种剧痛？源自咏唱，又超越了所有咏唱。命定的苍凉垂下枝叶。你被晨曦覆盖——像一丛冒着热气的荆棘，你呵护的花朵依旧灿烂。一些手滑向谷穗——你捆束完千里暮色，又将歌谣，捆进了，星星照耀的粮仓。

　　歌者撬动曲折的堤岸。你掀开波涛，替换篝火不变的形状。你被第一支谣曲哽住——你掬起，星星蒙尘的泪水……

　　你接近了青铜的诺言。歌者从不消失——你站在光芒中，宛如某种启示。你，代表了光阴最初的敬意。

9

　　虹的影子里，藏着一小片墨写的故乡。

　　——藏着水的筋骨，渴盼，抑或牵魂的爱憎。藏着你磨砺过的歌谣——从二月到十月，你淬火的吉祥越升越高。歌谣卷过彤云——虹的影子里，藏着一汪神示的蔚蓝；藏着，你慢慢抚热的烛焰……

　　女人攥紧了密实的暮色。她将山麓装在竹编的衣衫中，她挑选出夕光深处的种子。她曾为谁啜泣？虹影罩上沸腾的身形，她，为谁，拾起过山地绵延的喘息？

　　花草喊出浩渺的方言。当女人成为长歌中那句刻骨的颂辞，谁，又将捧起黄土，再次垫高，整部岁月延续不断的祝福？

　　虹的影子熠然闪耀。女人捂不住那次忘情的呐喊——她想在骨头上刻一幅锯齿状的山野，用针尖刺醒沉睡的灯火，她想把那位土木结构的歌者，架在自己倾斜的身影上。

　　她想在山巅搁一块梦想的石头，让石头长出羽毛，让石头，喃喃说出所有灵魂振翅欲起的声息。

　　虹的影子缓缓飘坠。

　　谁的乡土，正滚动在一个女人搂了又搂的歌谣深处？

10

　　神在歌谣里出没。他们将灯盏拴系在门楣上，让驰过长夜的牲畜，反复嚼响星空坠落的尘屑。

　　神为谁准备好了峻峭的苦乐？指纹在灯盏上，飘动。神将颂唱的石头钉在香案上——石头涌出花卉，涌出一代代人曾经坚守不懈的季候。

　　土与水的力量汇聚在歌谣中，还有爝火及爱的力量，风握紧谷物的力量，酒滴澎湃的力量——神默不作声，他划清了恨与希望的界线，划清了大河与黑鸦翔舞的界线。神，拧开，泉眼中鲜亮的天色……

　　神驻足在自己的脚印上。神是一种回溯，是季节伸进骨头的第三种企盼，是歌的麦浪，是神话中错写的黑字。

　　神是一次眺望——

　　歌者在身影上镂刻神的徽记，像刻千种苦痛，刻苦痛里燃烧的果实，刻一只手嶙峋的沉涵，刻灯盏边缘彤红的静寂。

　　神在歌谣里重生，在歌谣里找到失散的时辰——

　　神，在歌谣里，读出神最初的记忆……

11

把自己交给土地,交给饥馑过的年岁,你会从土的光芒中,重新找到,那份歌唱的勇气。

你会在钢铁的夹缝里种植出泥土古朴的生涯。你被鸟翅上的月色唤醒。你丢失的春天再次铺展风雨。你是风雨推动的花香,是花香对花香最早的回应。

你是歌谣的儿子。你的吟唱触及血脉,触及苍空和团造黄土的手——你在歌里摆放最为迤逦的家国。你是旧檐上的星光,是歌的脊梁,是歌谣最恳切的那份悸动。

——把自己交给豆荚,交给豆荚中静静盘旋的传说,交给岩石。历史并不只由传说构成——你的血肉,逼近骄傲。历史,不会辜负一个咏唱者无辜的执着。

幸福带来警觉。你的歌谣如何延续?风重复另外的风声——你的歌谣,是否仍能成为,传递幸福的誓言?

把自己交给黉夜,交给黉夜中扑闪的旌旗。一痕弦月照亮聆听的人影。你熟悉的道路,又一次让谣曲延展,旖旎——

12

捏着星斗,你界定歌谣易变的尺寸。

乡土还剩多少魂魄?歌者锈毁在碑铭中。谁的遗忘,够不着青枝绿叶的儿女?

种植韭菜的手也是打垮春天的手。烈风修补历史。歌谣被典籍扭碎——举起旌旗的手,也是出售尊严的手……

请说说你熟悉的苦痛之年。在巨崖上刷写标语的人成为哪种时代的标尺?他露出尖啸的肉,露出裆部鼓荡的自豪——他,还露出过怎样莽阔而深远的麻木?

歌谣成为火焰,成为那束结茧的凝望——你打制的木枷锁死了第一千种赤红的飞翔,你从原木中挖出的天穹已然起皱,你刻制的翔鸟,为何依旧排放有序?

你是否还能用杂木刻一串跳跃的儿女?让他们分别代表四种不同的季候。你能否从杂木的第一道年轮中,找到千年前消失的所有叮嘱?

一支歌成为斧子,上下翻飞——

它砍伐的阴影没有苦痛,它榫合的爱憎没有回音。

你,又该怎样凭借一支苍老的歌,再次无辜地,活着?

13

我捡拾谣曲中滑动的豆粒。我想为大地,保留一些冰冷的种子。

我想让歌谣不懈地活着——活成豆粒上的六月,或者其他光阴。我,想在豆粒的暗影上,磨制天穹众多的翅膀。

我想让幸福,重新找到幸福的勇气——

我想试着幸福,在你的睥睨里接近自己的眷念。我想把歌谣挂在颈项上,像挂一串呼叫的石块。我将捻着最薄的那块石头入睡——我想在一个歌者执拗的身影上,掬一抔炽烈的追忆。

我想将豆粒编成一首短歌,让风雨试唱。我想成为歌声坚硬的纽扣,磕痛你的黄昏,系住整个年岁无法碾碎的缄默。

星辰烙满石头。豆粒上的风,吹彻今年或者未来——

歌者围合的苦乐,比星辰更远。

豆粒藏不住新颖的苍翠。

豆粒闪烁。风,奔走在谁不变的凝望中?

歌者举高铁打的灯光——我,想为大地,保留一些难以简单言说的怀念…… [Z]

诗人档案
THE POET FILES

□ 特邀主持 三色堇

潞潞
LU LU

一片抵触的麦芒斜插在额头
那是它尖锐的灵魂向着阳光怒放

——《无题》

潞潞

1956年出生。上世纪七十年代末接触到"朦胧诗",开始诗歌写作,成为当时"新诗潮"的重要诗人。代表作《无题》诗。

主要作品

诗集:
- 《肩的雕塑》 北岳文艺出版社 1986
- 《携带的花园》 北方文艺出版社 1991
- 《潞潞无题诗》 作家出版社 1997
- 《一行墨水》 北岳文艺出版社 2001
- 《这》 北岳文艺出版社 2015

无 题

大树在木匠的斧斤之中
他们的孩子正站在屋檐下
看着远处太阳的一个光斑
这时候,手触到了树的本质
那里一片芬芳让他们打着喷嚏

那是过去时代的某些残片
被肢解开来
像年青人洁白的前额
置放在朝向太阳的山坡上
上帝的记忆里
今天肯定是一个忘却的日子
金属的声音在风中显得空洞

我看着我的兄弟在暮色中
如同骑着一匹石马
茫然地锯着自己的坐骑
他也许是被沉重的生活伤害
不得已进入树的中心
那里停止了呼吸
那里一片洁白像年轻人的前额

无 题

来去匆匆的脚印。它们是
隐约逃离中的一种幻象
北方的井与世隔绝
比低矮的坟包还要低矮
远处的一所村舍
渐渐被黄昏的尘埃淹没
汲水的少女来到这里,和
伪装的土地有一丝线索
她的铅桶叮当作响
井那仰望着的眼窝里结满冰凌
幸好我在北方居住已久
熟谙那种幻象中的幻象
我知道沉默总是构筑在深处
有着自己独特的预兆
就像悬空的花朵一掠而过
而在大雪覆盖了整个旷野时
北方的井却那样黑

无 题

秋风来了,使一些敏感的人的情绪
发生了变化。窗外树木萧萧
叶子像突然失去生命的鸟
从枝头跌落,露出好大一片天空
这时你会发现树那样孤单
毫无抵抗地被秋风穿过
大地非常宁静,农人不再劳作
只有一辆废弃的马车扔在路旁
望着这一切,我开始平静下来
走出房屋努力倾听着风声
这样的季节常常使我不安
每当夜晚总有许多焦虑的事情
也许我发现了一些东西
不然不会盯着空洞的世界不放
那里有一堵墙被刷上厚厚的白粉
那里除了风还是风
我飞扬的头发只是一种标记
下面不过是种种无端的愿望
农人和他们的粮食一起隐匿起来
我根本看不到他们,一切一切
就像是被古时的一个皇帝剥夺干净
你能够对秋风说些什么
它吹向你的时候那么冷
秋风来了,窗外树木萧萧
如果你继续等待,想听到树叶
坠地的声响,就会一阵阵发慌

无 题

当太阳透过窗棂,把
一束光芒放上我的膝盖
我仿佛听到初冬的阳光
在屋脊上被一折两断
也许第一场雪今晚就会降临
从此那上面总有一边覆盖着
白雪,直到春天灰瓦下生出青草
据说这是过去一个军阀的遗产

他和他的家人早已流离失所
破败的四合院没了往日的丁香
我的邻居在早饭的油烟里咳嗽
他用力咳着，使我更加郁闷
那种歇斯底里的疼痛
正像乏味的日子属于我们共有
自从我搬进这所房子
再也懒得到户外走动
可能是陈年的气息使人中毒
就这样我消磨掉一天又一天
只有夜深人静的时分
圣洁的时光才开始抵达
这时我已经十分虚弱
桌上的玫瑰在灯下战栗不已
它将和一些诗篇一同放上祭坛

无 题

有一种情绪过早地熟识了
生与死，像这冬日的黄昏
被内心可怕的力量摧残
人们的面孔在突然掠过的车灯中
浮出漆黑的表面
一瞬间你仿佛置身原野
看到大片遗弃的白色石头
它们被混乱的法则牵制
在耗费的时光里贯穿始终
高楼的阴影已然连成一片
你能窥视到世界的熹微
黑夜太短黑夜没有人在乎
失意的人清晨将走回小客栈
电灯全部亮了起来
残留的积雪被映得珠黄
明日之白昼就是今夜之死
无声的葬礼正蒙着夜空的眼
从一个又一个墙角传来喘息
一些纸屑在街路上反复盘旋
我想知道什么力量驱使它们这样
许多无需治疗的灵魂飘荡着
如同车站的大钟挂在云层深处
它们只为自己守时。钟的下面

---

① 桑丘：《堂·吉诃德》中的人物。

有一条通向远方的铁路
此时枕木上结满了冰
那儿是城市的尽头

无 题

灰褐色是冬天痛楚的目光
从空荡荡的屋子里反射出来
山野上偶尔走过三三两两农夫
驯顺地低着头并且长吁短叹
我永远不能忘记他们的眼睛
那是古代洞窟中石人的眼窝
其中一些人停下仰望天空
喃喃告诫自己千万不能绝望
接着他们转动头颅四处寻觅
如同摸索在早晨的雾里进退维谷
此刻我就像这些不幸的人
因心灵的恐惧而一片混乱
我以为已经逃离白昼和黑夜
却不得不站在暗淡的栖息之所
它是失去了皮肤的黝黑的内脏
当谷物从大地上一次次被取走
露出这种连影子都不会有的底色
它吞噬掉路旁最后一朵野生的花
用乌云一般的大地报复掠夺者
那已是一具被虫子吃空了的尸身
这时候只有灵魂变得通体透明
在没有躯壳的躯壳里行走
而且听到沉闷的敲钟的声响

无 题

救救高山上垂死的羔羊
它被阳光钉在那儿不堪摧残
在比羔羊还要苍白的四壁里面
囚禁着我们梦的全部
那是一种时刻都在逃逸的冒险
就像肋骨下藏着的烈火
垂死的羔羊在梨子的香气中间
它的身旁有正直的桑丘①和驴

而四周则充满灰烬与遁词。
童年时代我记着羊红色的耳朵
在雪地中摇曳如同射向天空
正是我自己的存在妨碍了自己
过程已经消失无法生出新的品质
羊的品质就是注视双乳胀大
站在空旷的广场摸着自己的脸
它使我们深陷其中并享尽落日余晖
也许垂死的羊再不是羊
只是前方一段苍白的时间
我们仅仅受到它的鼓励就像青春
然而谁能恢复我们谁能救救羔羊

无 题

人有时候在事物的饥渴中旋转
他们危险、苍白并且充满意外
我试图描绘这阴暗的图画
连同一枝花束呈现给自然
但是他们现在就像干涸的水母
存入其中只是为了占据虚无
当你最后获得时已经两手空空
那是一朵折断了的玫瑰并不存在
它在别的象征中缓慢地深入
我知道这东西像盐酸一样敏锐
在暗处打着哑谜并洞悉一切
人们带着狂乱的深情寻找什么
他们当中有疑虑重重的诗人
把自己安置在一间阴郁的温室
这里培育着人世间全部的奇遇
你会看到古老的道路上的道德之船
美妙异常同时注意着自己的背后
如果即将降临的是另一种黑暗
那么用手掌把暗淡的光芒聚拢
它照亮了我们胸前的纽扣

无 题

旧日生活是精心选择替代的结果
不曾被忘记却无法从中获取
在一双什么都看不到的眼睛前面
环绕着我们的存在而设置的边缘

春天的雨水再次带给岁月温馨
把大地擢升到凌空的境界
那是一个危险的高度有如迎向死亡
所有的人都将轻易看到事物的毁灭
它没有乞援的对象更不存在蒙蔽
像太阳培育出的阴影一般纯净
如果有人端坐其中必将被穿透
因此不可抵达的黑暗更似曙光

无 题

空旷的舞池里有来自悬崖的歌手
他的声音在脱离他的一瞬间破碎
伤痕累累的破碎脚铃的破碎
整个夏空俯身于一只白得刺眼的鸟
我在这样的景象中不禁呼吸急促
曾经有过许多难以忘怀的日子
像通天的石塔被无形的手推倒
尽管那孤独的悬崖令人疑虑
我们依然被内心真实的激情驱使
这是烈火中升腾起的庄严火焰
与一个灵魂的无辜毁灭契合为一
我不能想象身心支离的伊甸园
废弃在荒野永远隐匿无名
并且花朵遍地不再以任何形式出现
也许有一天人们真的能看到
那梦想者一人单独停留在空中

无 题

1

一种低微的声音在天穹下燃烧
使人想起远方风中的麦子
它远离我们生长并一再被拆散
只有残留的金黄在怀乡的梦中
麦子置身其外难道为旁观者所设
几近获救却在最后一刻失去机会
贫困的家园愈来愈远愈来愈远
好似在大海边高山的怀抱里面
我们从一个门跨入另一个门
眼看着身边的墙缓缓上升

风中的麦子在远处是否已经冰凉
它承受着什么又悄无声息地缩回

2

麦子啊使我们疼痛
它不是什么都没有
尽管真实中被反复提醒和嘲弄
甚至被想象为半人半马的怪物
然而麦子依然幸运依然坐地风行
四周飘满雪花并且泥沙俱下
麦子说不出自己的语言
它真诚地仰望着农人们的脸
奋力用根部吸收着镰的寒光
它用杀死自己的方式来游戏
虚弱的麦子似乎更热爱刺激
它在远方它一头蓬松的金发

3

我们祈求颤抖的麦子平静下来
它在一出空幻的戏剧中悲欢离合
一片抵触的麦芒斜插在额头
那是它尖锐的灵魂向着阳光怒放
记下苍茫大地这寂静的时刻
麦子的手敲遍了乡村的钟声

排练室

她们的裙裾在飞扬
脚尖忽左忽右移动着
你发现这只是试探
尽量少的接触
被地面的火焰烧灼
不用往上看你就知道
她们有多么热情
除了不断向上
她们还滑向房屋一角
充沛的血流一刻不停
在手足之间往返
楼下街衢中有人仰首
他对此将一无所知——
云霓翻滚的玻璃窗后

到处有这样青春的练习!
谁赋予了她们旋转的天职?
裙裾中裹着的不是肉体
而是空无一人的风
如今你已经说不出
因为怯懦还是太过沉溺
你用幻觉接近了这一群
直到她们逐一退出

青　春

它是你的老友
你们曾经形影不离
它是你眉宇间的光亮
是轻快的步伐和一点自负
那时候你没有察觉它
你对女友炫耀的一切
仿佛与生俱来
爱情使你心跳得那么快
你却轻易承受了
在没来得及怀疑之前
内心有永不餍足的梦想
对即将来临的考验
由于无知而勇敢
你还没学会掩饰
人人知道你致命的弱点
夏收的季节来到了
成捆的麦子堆上天堂
你大步超过路上的行人
并不理会身后的叹息
你对美的事物尤其敏感
喜欢赞美那些迷人的女子
夜深人静时写下无用的诗句
它顺从和纵容了你
使你虚度了苦难年代的光阴

旧　事

他不知道父亲为什么放开他
刚才他们还说着话
父亲突然走向路那一边
他和一个人搂抱在一起

手在那个人背上拍着
他隔着马路远远看着
听不见他们大声说些什么
两人互相递着香烟
然后那里升起一团烟雾
他们身后有株巨大的槐树
开满了白花,香气浓郁
他开始踢地上的石子
让过路的人都知道
这是一个讨厌的小男孩
此时父亲忘记了他
过了很久也许只是一会儿
父亲重新拉起他的手
还在他头上撸了一把
可是小男孩一声不吭
他们就这么走着
他能感觉到父亲脸上的笑
后来他一直没机会问父亲那是谁
他知道父亲这一生并不快乐
甚至深埋着无人知晓的痛苦
但那一次父亲是真的高兴

诗 人

当人们称他是诗人
他似乎有些不知所措
虽然很久以来他确实在钻研
人们认为的那种事情
他像所有中国人一样
很小就知道屈原和李白
知道一千年前的王维是同乡
亡国之君李煜的词则烂熟于心
比起驰骋草原的君王
他更倾心这个倒霉的皇帝

二十岁后他知道了更多
他学会了争论,和朋友们
骑着自行车从一处赶到另一处
最初他总在诗里写进苦难
但他那时没有真正经历过

这个词和他常用的"玫瑰"一样
是那个时代文学青年的标志
他醉心于湿漉漉花瓣①的意象
用年轻的胃生吞活剥《荒原》②的象征

没人告诉他诗人的生活是什么
就像他辨不出梦中的面孔
虚荣和才华他都有一点
试图把诗写得纯粹,不含杂质
像工匠磨练手中的技艺
他身边有时簇拥着美人
却很少看到他写爱情诗
他的泪水往往会突然涌出
那时他一定在亲近的人中间
或者远离他们在最寂寞的地方

从成长的阅历中,他认识了
土地上的河流、炊烟和畜群
它们与人类做伴已久
除了沉静的自然之美
也和朴素的信仰相关
他觉得灵感已不再重要
如同他不在意诗可能带来的羞辱
他对诗歌的意义保持静默
正是这静默使他几近于瘫痪
为此他写得既迟疑又少

等 待

早餐端上来之前
他一直坐着没动
这里有更多的汽车和人
在窗外闪过不知去向
他相信这个城市和某种香料有关
虽然那致命的香料早已失传
被称为观光的短暂逗留
使他几天来无所事事
如同久坐海边长椅上的老人
垂头对着脚下耀眼的沙滩
从长堤那座维多利亚时代的塔楼上

---

① "湿漉漉花瓣"为美国诗人庞德诗句。
② 《荒原》,英国诗人艾略特诗篇。

传来一阵报时的钟声
他心里正为故乡隐隐作痛
离开前那里下了一场雪
刚落地就被车轮碾压得又黑又脏
儿时记忆中冬日的纯洁
不知何时荡然无存
他习惯了北风携裹着的寒冷
有说不出的孤寂和失意
转眼间这一切与他天各一方
房间里低声放着音乐
像早晨的阳光在桌椅间流动
这儿的人不知道他在想什么
他们专心致志做着三明治
片刻就会送来

黄 昏

他望着镀了金色的窗台
仿佛看到外祖母疲惫的身躯
在窗前的椅子上坐下来
安静而衰弱的老妇人
每天都这么坐一会儿
她给女儿一家洗衣、做饭
很多年没人提起她自己的家了
那个山顶上的村庄
从远处能看见炊烟①
他十二岁时去过那里
被小脚的外祖母追得到处跑
那时她的吼声还具威慑
然而她很快变得虚弱了
一天他"啪嗒"打开电灯开关
竟使坐在黄昏里的她吓了一跳
她好像从睡眠中醒来
为自己所在的房子诧异
此前她的灵魂一定在漫游
她一生不识字，素食而高寿
她留下很少，只有民国时的八块银元
她在临终前半年回到故乡
一再推迟的返乡之旅
让她看到越来越熟悉的风景
从此她任凭时间流逝

---

① 外祖母的村庄叫"上细烟"。

直至一个漫长的午后悄然而去

阅 读

阅读集中了最多专注
它消磨掉生活的精粹
沉闷的大师，日夜在阁楼上
衣着和风度不值一提
阅读的灰烬，并不多
像雪的霰粒拍打窗户
那时他徘徊于冬夜
听到这陌生清冷的声音
阅读的鸦片，是的
征服了不谙世事的年轻人
他一夜一夜慰劳自己
抵消白昼的暑热和喧嚣
注定阅读的一生
所有细枝末节都得适应
关闭多余的语言
很少约会，足不出户
日益与外部世界冲突
变成谦恭而无趣的人
终有一天大师被束之高阁
玻璃窗上雪花融化
坚硬的词语变得柔软
蛊惑的真理像水汽蒸发
阅读只剩下阅读
他重新成为没有知识的婴儿
赤裸，光洁，透明
这就是阅读的全部
（最多佐以香烟和浓茶）
不会再多了，就是这样

夜宿江城

睁开眼睛前的一瞬
仿佛一个人影俯下身来
突然而至的恐惧把他唤醒
意识仍在黑暗深处
窗上已浮现晨曦

客居他乡的一夜如此短暂

犹记夜半客船到江岸
长长的石阶从水边到高处
他审视这房间
晦暗中一床一椅
还有昨晚用空的暖水瓶
简陋到再不能简陋
符合小客栈的规格
对于过客也不缺什么

黎明带着凉意潜身进来
遭遇到陌生的旅人
他不曾来过这里
也很久没在这样的时辰醒来
他甚至不能复原刚才的梦
家人不会知道这里
父亲已经离世
母亲年事渐高
此时他有些想他们

江水终日喧哗不已
熟透的橘子腐烂在地里
男人矮小好斗
在崎岖山间行走如飞
女子肤白丰腴
似乎更容易靠近
生活得世俗却出诗人
不管古代还是现在

这里不是他的家
没有家的温度和琐碎
没有厨房和女人

刚粉刷过的墙壁太干净
嗅不出南来北往的气味
他将有整整一个白天消磨
他要在窗前再待会儿
听庭院里一只不知名的鸟啾啼

青铜爵①

为了晋国炉火纯青的工匠
为了一个湮没在过去的王国
那个狂欢之夜
它在狼藉的酒桌上一再被碰翻
为了从豪华宴席到豪华陵寝
为了两者居然很相像
庄严的面容比丝绸腐烂得还快
农人的脚在上面,他毫无所知
凉风习习,麦子年复一年生长
尊贵的身份侥幸保存下来
被镌刻成一段华丽的铭文

为了它一直忍受着的黑暗
那么多年除了泥土还是泥土
即使最后一刻也没预感到
漫长隧道另一头的光亮
无意中它保持了所有元素的美
为了从埋入到掘出的宿命
为了重新沐浴到风
稀世珍宝在博物馆的恒温里
被一束冷光照出清冷
迎着那些渴望遥远的目光
为了向这一切致意
为了它的至爱:嘴唇与酒

---

① 古代酒器。

潞潞无题诗简论

□ 非 默

旧日生活是精心选择替代的结果
不曾被忘记却无法从中获取
在一双什么都看不到的眼睛前面
环绕着为我们的存在而设置的边缘
春天的雨水再次带给岁月温馨
把大地擢升到凌空的境界
那是一个危险的高度犹如迎向死亡
所有的人都将轻易看到事物的毁灭
它没有乞援的对象更不存在蒙蔽
像太阳培育出的阴影一般纯净
如果有人端坐其中必将被穿透
因此不可抵达的黑暗更似曙光

1

这是一部孤独的书。你越是深入其中，越是感到一种灵魂上的战栗、阴郁和寒冷。这是一个如此幽深，又如此令人不安的世界，它吸引你，同时也排斥你，你一次次地接近、理解，并试图进入，又一次次被从里面推开。你的心里充满了波动，但你又找不到合适的语言来表述你在这本书中所经历的一切。你沉默时，你面对的世界又迅速隐去，背景重新变得遥远、模糊。于是，你只能再一次隐入沉默，直至清晰可见。这是一个

诗意的世界，高居现实之上，它是超验的，抽象的，它拒绝所有困难的经验主义的解释和分析。这个世界充满了象征和隐喻，有着极为神秘的成分，你只能尽力敞开你的心灵，去应和、去感知。理性、非理性，意识、潜意识，犹如一条真实的河流和一些汹涌的浪涛，给你既有的经验以冲刷与撞击，你或者面对它，或者转身离去，你的选择，并不妨碍这一心理事实的存在。这些真正意义上的诗歌，由于其纯粹的沉思性质，使它们看上去像一颗颗寒光闪烁的星辰，既独立存在，又相互照耀，在我们期待的视野构成一片深邃的、不可测度的精神空间。这部孤独的书充满了对生活，乃至对生命本身的犹豫和疑虑。我们能够从诗人反复不断的质疑中感受到一种时光久远的迷惘、困惑和忧伤，而这种迷惘、困惑和忧伤又来自于一种强烈的命运感和对于命运明澈的洞察。这二者的交织，勾勒出我们悖论式的生存境况。诗人面对的不是他的读者，甚至也不是他自己，他没有说话的对象，他只是独白。他所真正面对的是生命自身，是时而阳光灿烂时而黑暗无边的昼夜交替的虚空。这些诗篇由无数个馈赠与提升的瞬间构成，是诗人努力超越自我的一次次心灵的追求与历险。距《肩的雕塑》十年之后，《潞潞无题诗》的出版，终于使潞潞的自我期许有了一声低沉的回响。

2

我不知道一个人在灵魂中有多少痛楚和负重才能写出下面的诗句：

它置身于比他更空的躯壳
一面传宗接代一面踌躇不前
他无须扎根也不会倒下
生活竟然把它埋葬得如此彻底
玫瑰开着，他却化为乌有；

有一种情绪过早地熟识了
生与死，像这冬日的黄昏
被内心可怕的力量摧残；

此刻我就像这些不幸的人
因心灵的恐惧而一片混乱
我以为已经逃离白昼和黑夜
却不得不站在暗淡的栖息之所
它是失去了皮肤的黝黑的内脏；

"正是我自己的存在妨碍了自己
过程已经消失无法生出新的品质"；

尽管那孤独的悬崖令人疑虑
我们依然被内心真实的激情驱使
这是烈火中升腾起的庄严的火焰
与一个灵魂的无辜毁灭契合为一；

贫困的家园愈来愈远
好似大海在高山的怀抱里面
我们从一个门跨入另一个门
眼看着身边的墙缓缓地上升；

直到现在我们终于从白昼中醒来
白昼很轻逐渐失去全部重量
没有人能够描述它与黑夜的交换
刹那间时间的本质获得改变；

一些时光，在权威和短暂的事物里
它们从出发的瞬间陷入重围
使命运的高墙相距如此之近
像一个人一生中的大部分时间；

大风吹灭多少心灵中的火焰
这是一段被渲染和中止的生活
有谁知道置身于神圣的恐慌
无辜的冒险让每一天都成为裁判日；

事实的真相使我们视而不见
两手空空在天宇的尽头收获；

"痛苦和放纵都失去了依据
而我们曾经对这一切深信不疑"；

北方的骡马向丛山进发
它们垂着头，仿佛正在思想
生活被怎样的车轮催促
我们是极少数并且被抛弃；

曲折水边秉烛而书的歌者
追寻自身的光亮而一无所获
空虚的火焰向日常生活敞开
暴露出深处的寒冷

……寻找、挣扎、呻吟、呐喊，都发而为

歌，一个孤独的灵魂就这么思想着、经历着、熬煎着，飞翔的渴望，被迫堕落的悲哀，梦醒之后无路的痛苦，种种幻象瞬间的完成及毁灭，都包含于沉痛的激情之中。这些孤独的诗句，以其自身的力量生长着，在我们的心灵中扎下根。它是我们这个时代精神生活的一个清晰而完整的镜像，是我们的生命里面的大真实，它拒绝解释，也不祈求回答。它只是坚定地陈述着我们内心的经历和遭遇，任何一个能够感觉到自己灵魂存在的人，都无法回避这一切，他即使不能够被彻底打动，也决不会无动于衷。当然，对于那些被欲望和各种实用主义的观念所填塞得毫无空隙的头脑，这些充满灵感和洞察的诗句只是一些呓语，一些可疑的声音，它们永远不会被理解和接收。

3

我们曾经有过这样的经验：每当我们面对一首真正的美好的诗歌时，往往会忽略这首诗歌的外部形式，我们十分乐于被这首诗所弥漫的氛围所笼罩，并且深陷其中。我们很少想到从技术的层面去予以冷静的解析。其实，对于一个敏感而训练有素的头脑，好的内容和好的形式几乎是同时呈现的，包括一些象征或隐喻，乃至一些独特、新鲜的意象。事实上，一首真正缺乏形式感的好诗是永远不存在的，我们能够感知到形式的存在，但我们不愿去分析它。假如我们一旦着手于这方面的工作，试图将诗意从诗句中剥离出来，我们就会变得愚蠢，因为，这种努力就如同试图将香气从苹果里剥离出来一样徒劳。最好的结果，可能是苹果和香气同时消失于冷酷的解剖之中。至多，在香气飘散的过程中我们尚能保留一点苹果的残骸。出于情感方面的考虑，我们往往不愿看到一首诗的魅力在剖析中一点点分解、消失。笼统地说，潞潞的无题诗就是这样一些好诗。当然，不是全部。但这47首水平大致相当，几乎每一首诗都可圈可点。这些诗的长度通常都在20至26行之间，一律不分节段，通篇到底。这种形式与潞潞写作这些诗时专注、紧张、焦虑的心境十分吻合。这些诗仿佛有一种既自然又奇异的力量，每首诗的起始都十分突兀，像一颗种子突然从高空落下，然后开始从容生长，诗句衍生着诗句，宛如汁液催生着枝条。这些质地硬朗的诗句，严峻、直接，直至最后完成，没有任何情绪上的滑动。每一首诗都像一面石英和云母烧铸的板块，垒叠在一起，有一种均衡的建筑感。从始至终，我们感觉不到感情上的疲倦。这些诗充满了克制，却贯注着抒情的力量。面对这些诗歌，我之所以不愿在形式方面过多地细究，因为我还有另外一个层面的考虑。潞潞之所以将这47首诗全部称之为无题诗，恐怕不是没有原因的，决不会仅仅是出于形式方面的考虑。我们在这47首诗中感受到的孤独和痛苦是强烈的、一贯的，由于对生命真相的洞悉，而不断引发出内心的命运感、悲剧感，加速了我们这个世界由上至下的坠落和崩溃。现实生活的虚幻及意义的丧失，使我们在放弃的同时，也有所获。这些诗将会赋予我们的存在以一种精神的品质，使人们对现实的超越有了新的可能。其实，这47首诗是同一首诗，始终只有一个主题。这47首诗从47个不同的方向出发，最后抵达同一个中心。对于这些诗，任何局部的分析都会破坏它们的完整，而真正理解、热爱这些诗歌的人，只要保持一种寂寞，敞开心灵，接受它的照耀，就足够了……这部孤独的书给人的感受是丰富的、复杂的，也是深刻的。这些诗篇是抒情的，但具有思想的品质。这部孤独的书给人以真正的孤独。在此，我不想谈论与这本书无关的一切，甚至，也不想与潞潞以前的作品相比较，我不想打破这种圆满的宁静，我只是默默地注视着这部书的存在。我知道，这部书的命运也必将是孤独的。

4

由于这47首没有标题的诗歌作品，潞潞为自己争取到这样一个位置：从今以后，无论何人何时何地，仅仅在山西范围内谈论潞潞是远远不够的。《潞潞无题诗》的成就是突出的，这本书不仅是当代山西诗歌的一个里程碑，也是整个九十年代中国诗坛的一个重要收获。然而，即使这样一本书，也无法打破目前诗坛的无边沉寂。如果考虑到眼下中国的诗歌环境，我们纵使放目远眺，也很难看到一个乐观的前景。在一个以赢利为目的的社会，诗歌的命运和遭遇是不难想象的。海德格尔曾说,运思的人越少,写诗的人越寂寞。诗人的命运古今都是相同的,我们没有必要为此大发感慨。我们当然不能回避诗歌本身的原因,鸵鸟的策略也是可笑的。我们应该认识到,当前中国诗坛的沉寂对于诗人来说未必不是件好事。十几年的喧闹和学徒期一起结束了,新一代的诗人已渐渐成熟,坚持下来的人正明智、大度地回到诗歌本身并重新确定自己写作的方向。潞潞的无题诗写作,便是这种努力的一个重要结果。前面说过,如今仅仅在山西范围内谈论潞潞是远远不够的,但作为山西诗人,我还是愿意在山西范围内谈论潞潞的诗歌写作,这样更有针对性,对评论与被评论的双方,都具有多重反思的可能。十几年来,潞潞以他的勤奋和写作上的成就,无可争议地成为山西诗坛的一个标志。为了诗歌,潞潞付出艰辛的劳动,也付出了他全部的青春和才华。在潞潞身上体现了山西整整一代诗人的努力,包括他们的激情、梦想,以及他们所渴望的作为诗人的光荣和骄傲。同时,在潞潞的写作实践中,也体现了这一代诗人所有的不足与弱点。今天我在此谈论潞潞,也就是在谈论我们自己,作为一个诗人,我们所得到的和我们所丧失的,我们将要得到的和将要丧失的。这既是一次回顾,也是一次展望。但是我依然无法说清,这十几个年头,究竟是我们辜负了诗歌,还是诗歌辜负了我们。我们把最美好的青春和我们对人世所能寄予的最高的期望都献给了诗歌,为此,我们不得不主动地一次次付出生活上的代价。现在我们已经人到中年,却依然两手空空,头脑空空。尽管如此,不管眼下这个时代为一个诗人的存在带来多少精神上的羞辱,我们自己也清楚地知道我们内心是纯洁的、无辜的。如果一个时代的进步必须首先以牺牲诗歌为代价,那绝不是诗和诗人的过错。有时,为了自尊,必须保持沉默。所幸,这个世界依然有一些爱诗的人,尽管人数不是很多,但他们对事物有自己的看法,他们认为一首好诗永远比一次商业上的利益更重要。于是,诗人也就有了继续存在下去的理由。我们必须逐渐习惯并热爱今天包围着我们的孤独与寂寞,这种孤独与寂寞使我们得以保持对现实的自我疏离。这种疏离在构成诗人命运的同时,也构成现代诗歌写作的一个必要的前提。有了这个前提,我们才有可能写出与时代要求相匹配的诗歌作品。我们明白,一个时代的诗歌不能仅仅考虑诗歌自身的因素,那些真正有责任感和使命感的诗人往往还要考虑文学史上的衔接,以至历史的链条在我们这个环节上不会出现中断。可以肯定地说,在这一点上,潞潞以他出色的无题诗为我们做出了一个很好的榜样。[Z]

外国诗歌
FOREIGN POETRY

从书架里取下情书,
照片,绝望的笔记,
从镜中剥落你自己的形象。
坐下。享用你的人生。

——《爱之后的爱》

德瑞克·沃尔科特诗选

□ 远洋 译

爱之后的爱

这一天将要到来，
那时，你会兴高采烈
迎接自我的抵达
在自家门口，在你的镜子里
互致欢迎，相视而笑，
并且说，坐这儿，吃吧。

你将再次爱上曾是你的自我的陌生人。
给酒。给面包。将你的心
归还给它自己，给这个终身
爱你的陌生人，这个你为了别人
而忽视过的人，这个用心懂得你的人。

从书架里取下情书，
照片，绝望的笔记，
从镜中剥落你自己的形象。
坐下。享用你的人生。

星

假如，在万物之光中，你褪色的

真实，依然苍白地隐退
到我们预定的适当
距离，像月亮
通宵流连在树叶里，也许
你不露声色地将喜悦赐予这房屋；
啊，星星，双份的怜悯，为黄昏
来得太早，而为黎明
又太迟，但愿你苍白的火焰
引导我们中的最坏
穿过混沌
怀着平淡一日的
激情。

暴风雨后

那么多的岛屿！
像夜空繁星
在那枝丫横斜的树上，其间流星颤摇
宛如纵帆船四周的坠落之果。
万物终将陨落，永远如此，
或者金星，或者火星；
陨落，而且是一个，正如地球
是星星群岛中的一座。
我最初的朋友是海。如今是我最终的。
我缄口不言。工作，而后阅读，

悠然坐在桅杆钩挂的提灯下。
试图遗忘幸福为何物,
无法排遣时,我察看星星。
有时我独自一人,伴随温柔剪碎的泡沫。
当甲板变白,月亮开启
云门,我头上的光
是一条路,在白茫茫月色中带我回家。
萨宾 从大海深处对你歌唱。

海葡萄

那依偎着阳光的帆,
厌倦了岛屿,
一条搅动着加勒比海的纵帆船

要返航,可能是奥德修斯
在爱琴海上还乡;
那父亲和丈夫的

渴望,在多瘤的酸葡萄下面,像是
奸夫在每一声海鸥的尖叫中
听见瑙西卡的芳名。

这不能令人平静。古代战争
在迷恋与责任之间永远
不会结束,而且对于海上漂泊者,

或如今在岸上趿拉着拖鞋摇摇摆摆
走回家的人,一直相同,自从
特洛伊唏嘘出它最后的火焰,

而瞎眼巨人举起大卵石投进波谷
从这海啸中,伟大的六韵步诗行出现于
加勒比拍岸浪的终点。

经典能给人慰藉。但绝非完美。

回到登纳里,雨

被囚禁在雨的铁丝网中,我注视着
这只有一条街的村庄遭灾受苦,
每间剥蚀的棚屋支在木柱上,

得意洋洋,像在挫败中的瘸腿的人。
五年前哪怕贫困似乎也快活,
这空气那样蔚蓝而冷漠,
这大海那样喃喃絮叨着遗忘,
让任何人类行为似乎都是白费力气,
这地方似乎生来就为了被埋葬在这里。
拍岸浪爆发,
在剪尾鸟群猎食寻常鱼儿中,
雨正把未铺砌的陆路变得泥泞,
于是个人悲伤在群体愿望里消融。

医院在雨中悄无声息。
一个裸体男孩把猪群赶进灌木丛。
海岸随着每一波浪涛颤抖。海滩接纳
一只被打垮的苍鹭。污秽和泡沫。
那边一条祖母绿的光带中,一片帆
在礁石头顶之间忽起忽落,
峰峦在雾气迷蒙的光亮里冒烟,
雨渐渐渗透到悲痛的内核。
它无法改变忧伤而回到家乡。

它无法改变,尽管你变成
一个会拿同情换酒喝的人,
此刻,你被带到成年开始
与"令你思考的创伤"分离之处,
而正如这雨使沙布满水坑,
它把往昔的悲伤沉入思绪的沟渠;
那仅通过演说会对黑人、绝望者、
穷人有所帮助的激烈憎恨在哪里?
狂怒颤抖如风中湿漉漉的树叶,
雨点敲打在变硬成石头的脑袋上。

因为有一个时刻在心的潮汐里,当抵达
它受苦的锚地,一座坟墓
或一张床,行动中的绝望,我们问,
噢,上帝,哪里是我们的家园?因为无人
会把世界从它本身拯救出来,即使他
在人们中行走。在这样的岸上,泡沫
嘟哝着淹没了行动,尽管它们引不起
哭泣,像苍鹭承受着雨点的石头。

这充满激情的流亡者相信它,但心
缠绕着悲伤、恐惧
和对家乡痛苦的忠诚。

浪漫的荒唐在船头斜桅终结，修剪着
但从不到达礁岸泡沫之外，
抑或雨切断天堂对我们的垂听。

为何归咎于你已丧失的信仰？天堂存留
在它所在之处，在这些人心中，
在这些教堂内部，哪怕雨的
裹尸布拖过其塔顶。
你比他们渺小，因为你的真理
包含着通常的激情、个人需求，
像那有棱纹的沉船，自从你青春时代就被抛弃，
被贪婪的臭浪泼溅。

白色的雨沿着海岸拉网，
微弱的阳光给村庄、海滩、道路
涂上条纹，嘻嘻哈哈的劳动者从庇身处出来，
在高地，烧炭工堆积他们的日子。
然而在你心中它依旧渗漏，玷污你的手艺
所吹嘘的每个夸耀，模糊着言语和容貌，
你也不曾从所有已知套路中改变
以离开心灵黑洞，这上帝的
自怜的造物中最可憎的东西。

一段小心的激情

> 和撒那，我给自己建造房屋，上帝，
> 您的雨那样冲洗它。
> ——牙买加歌曲

航海客栈，在城市边缘，
从开着泡沫般白花的树篱旁边
稳固如岛屿的餐桌上
延伸着大海微风习习的景观，
当地乐队的马林巴琴联奏，
应和他们的快活的速度
我的爱此刻打鼓的一只手。
我注视着古老的希腊货船退出港口。

在这个国家你几乎嗅不到咸涩的微风
除非你走下到港湾边沿。
不像朝南的那些小岛。
在那儿碧波伸展在无印痕的海滩。
我想着湿漉漉的头发和葡萄红的嘴。

那戴着她丈夫戒指的手，慵懒地
搁在餐桌上，如沙上一片棕色树叶。
另一只手拂走两只交媾的苍蝇。
"有时我想知道你是否忘记了你的话语。"
在我们头顶上空，海鸥嘶哑的叫声
在风中回旋。
波涛滚滚的回忆使心灵淤塞。

海鸥似乎在它们的环境里很幸福。
我们渐渐厮磨于靠港口边沿
一张小餐桌的温情。

在死去之前最好心学会去死。
我的阳光膨胀的残骸，双眼塞满沙子，
在南方海滨的碎浪旁翻转，滚动。
"这样最好，免得我俩都受伤害。"
看着我在那儿，怎样平凡而迟缓地转身。
那乏味的说法令我感动地去轻抚她的手
而风把她的裙角戏弄。

最好去死，去诅咒某个正派的发誓，
让埋葬了的心重新复活；
转动杯子并微笑，如在痛苦中，
在一张小餐桌旁，在水边。
"是的，这样最好，事情也许会变得更糟……"

而那是一切真相，可能会更糟；
在夜晚一切都是愉悦，
特别是，当寻找自我的心
那么渴望一面镜子，以相信
在陌生人眼里找到的古老原始的诅咒。
于是茶、茶、茶，开始漫长的再见，
留下半已尝到的每句诺言的悲伤，
就像咸涩的风给她的眼睛带来亮光，
在水边一张小餐桌旁。

我送她走进明亮的街道；
当短暂的暮色满城，商店纷纷吱扭着关门。
只有鸥群，还在水边追逐，
盘旋如我们的生活，找寻着值得怜悯之物。

爱与美女神

涅瑞伊得斯　闪闪发光的肩膀
在温暖的浅滩里，贴近白沙滑翔；
双腿缠结在金色海草中，
在那里掠过的是鳍翅，还是女人的手？
海草融入铿亮的头发，
此刻泡沫，奶白色乳房在哪里，
是大腿还是海豚劈开空气？
一半是女人一半是鱼儿，或最好
既是鱼儿又是女人，让她们保守
难以捉摸的秘密。
疼痛，伤口在睡梦中自己闭合，
像水在桨周围合拢，
没有桨能够把大海划伤。
陷入困惑，感觉苏醒于
恢复的喜悦，
她面对自己——她已获得
大海之歌和大海之光。

岛　屿

仅仅给它们命名，是写日记者的
散文，让你好有一个名字
给读者们，像旅游者赞赏道
海滩就是他们的床；
但只有我们在其中爱过
岛屿才能存在。我寻求
如同潮流寻求其风格，去写
诗歌——洁净如沙滩、明朗似阳光，
冰冷若翻卷的波浪，寻常
如岛屿的一杯水；
然而，就像写日记的人，此后，
我品味他们被盐渍侵扰的房间，
（你的身体搅动皱巴巴床单的
起波浪的海），房间的镜子
失去我们挤在一起睡眠的形象，
就像爱情曾希望使用的词语
连同海浪之页被抹去。

那么，像在沙上写日记的人，

我给这平静留下印痕，你用它点缀
独特的岛屿，走下
狭窄的楼梯去点灯，
迎着夜晚拍岸浪的喧嚣，一手
遮护着跳动的灯罩，
或不过是刮鱼鳞做晚餐，
洋葱、狗鱼、面包、鲷鱼；
还有每次亲吻咸涩的海味，
还有怎样借着月光你
研究最多的是海浪不屈的坚韧，
尽管它看起来像是白费劲。

岛屿的传说

第一章　镀金河……

泥土的白路，多瑞凉爽的激流
穿过翠绿雪松的峡谷，像梅森学校
幼童的嗓音，像树叶，像心中
暗淡的海；这里，是舒瓦瑟尔。
石头大教堂回声似深井，
或如淹没的海洞，蚀刻于沙中。
游览它的苦难之路，当我找到
光明之巢中的一个圣特蕾莎时，
我试图抹去对那冷漠肉体的记忆；
那裙子飘动的古铜色，那抬高的手，
小天使，举起箭杆，射开她胸口。
教我们的哲学那力量抵达肚脐上方；
当我漫步于海滩，漆黑的身体，
湿漉漉放光，在浪沫里翻来滚去。

第二章　血统不纯……

科西莫·德·克雷蒂安管理一家公寓。
他妈妈管理他。圣路易斯街，
十三号。它有一个带围栏的院子，
一只鹦鹉，一家古董店，在店里你
见过黑玩偶和一条抛锚在玻璃里的
古法兰西三桅船。楼上，是家族的剑，
一个衰亡种族锈蚀的标志，
像最初的守护神保持它骄傲的地位，

提醒秃顶的伯爵信守承诺
决不给这血统带来耻辱。
饕餮时代,磨钝雄狮的利爪,
维护科西莫,盘点古玩,相当高雅,
看在妈妈面上,为了发油和纸牌;
他悲剧性地扭曲,从露台里窥视着。

第三章　美人曾是

罗西诺尔小姐住在罗马天主教
干瘪老太婆们的传染病院;她皮肤白,
皮下,是细小的老派骨骼;
每天黄昏她像蝙蝠飞去做晚祷,
这活着的多纳泰罗的从良妓女;
而当她大步迈动僵硬的双腿
去取早晨的牛奶时,披着用生锈的胸针
别住的黑围巾,却醉醺醺如酒瓶。
我妈妈警告过我们,肉体如何知晓丝绸
在镀金马车中追逐着绿色房地产。
而罗西诺尔小姐,在大教堂阁楼里,
唱歌,对着她惟一的死孩子,一个衣衫褴褛的圣徒——
他的自豪在这巫婆跟前有穷人之美,
他曾是那么美好,双手是那么温柔。

第四章　"死亡之舞"

在外面我说,"他是一个该死的癫痫病人,
你儿子,埃尔·格列柯!戈雅,他不撒谎。"
达克笑了:"让我们加入到真癫痫病人里吧。"
俩女孩都长得好。印度人说
雨影响贸易。在奇怪的光线中,
我们看起来都很绿。啤酒,大家看起来都很绿。
一只手臂垂褶袖的人,像花环围绕着我。
下一个谈政治。"我们的母亲地球,"
我说,"伟大的共和国在其母腹中
死人以多数票击败活人。""你们大家都太可憎,"
印度人笑道,"你们所有大学男生们
烦恼不值当。"我们进入空荡荡的房间。
在雨中,走路回家,担惊受怕,但达克说:
"不要紧,孩子,罪孽的报应是出生。"

第五章　老习惯

某些人类学者赞成的祭祀
一天早晨在高地上举行。
在天主教国家里，牧师们
反对如此野蛮的仪式；但出现了转折
一个神父他自己是
黑人风俗的学生；这十分讽刺。
他们敲着鼓把绵羊牵到小溪边，
怀着绝对自然的慈悲跳舞，
回忆自我们从中而来的黑暗岁月。
整个过程更像血淋淋的野餐。
白色朗姆酒瓶，闹嚷嚷的货摊。
他们捆牢羊羔，然后砍头，
而仪式者轮流喝着鲜血。
好东西啊，老家伙；献祭，是关键一刻。

第六章

船尾，那是一种庆典！我的意思是那有
免费朗姆酒和威士忌，一些小伙子敲击着
平底锅，其中一位来自特拉尼达的乐队，
不管你走到哪儿，都碰见人们在吃
和喝，别说是我说的，可我以为
他们在海滩上用两道测试抓住他妻子
而他喝醉时引用雪莉，"每一代人
都有其焦虑，但我们一个也无"，
不会留停顿给插嘴的机会。
（黑人作家小伙子，一个牛津剑桥的家伙）
这部分是圆的，曾是小孩心脏，
被两个土著艺术实践者
活生生地从中撕裂，
但那是在这种跳跃和摇摆舞很久以前。

第七章　食莲者……

"梅因戈特"，渔民称呼那口淤塞的
池塘，它堆积越来越多的污秽，在海洋
和丛林之间，旁边是叹息的果园
和枯竹林，竹根洒满光影斑斑，

像迁徙的天空落下的羽毛。
那边，是村子。穿过粪尿阻碍的树林，
一条泥泞小路像蜿蜒溜去的蛇。
富兰克林用一只手抓住桥柱
因高烧而颤抖着。每年春天，他都被记忆
折磨——他的祖国，在那里他要死
不活。他看着那有瘴气的光
令手杖哆嗦。茶色池塘中，蝌蚪们
似乎在这环境很快活。贫穷，黑人的灵魂。
他摇晃自己。必须生育，喝酒，在行动中烂掉。

第八章

在格拉斯街十号，米兰达酒店，
谁跟长枪党打内战，在灯光
流血和猩红血滴打湿的钟点，
这流亡，有着一张犹太人扭歪的脸，
让尘埃撒上他的小册子；骗子的手指
在他的衬衫前抓住一本杂志。
那只眼冰冷；山一般，吊钩会
俯冲一只蚂蚁，公马，坐骑。
此外，当一只虔诚的跳蚤探测污垢缝隙，
沐浴阳光的身体，经过流汗岁月，
四肢伸展如英雄，古怪而懒惰。
他近前一碟橄榄已经变酸。
在孩子们闹嚷嚷的街头，一个女孩
演唱这些日子不常唱的进行曲。

第九章 狼人

屋檐下做针线的白发婆姨们
把一件奇闻怪事传遍全镇，
说是老维瑞·勒布伦怎样被贪婪拖走，
慢慢关闭百叶窗迎接他。
他走近时，穿白亚麻外套，
手杖嗒嗒响，戴粉红眼镜、软木帽，
一个垂死之人获准去卖烂水果，
那水果毁于那些跟他谈好价钱的朋友们。
似乎一夜间，这些基督教女巫说，
他把自己变成阿尔萨斯猎犬，
一个流口水的狼人，气味冲鼻，
但更夫给这怪物把伤口处理。

它嗥叫，拖着内脏，拖着湿漉漉
血淋淋的尾巴，回到门阶前，奄奄一息。

第十章 再见丝头巾

我注视着这岛在悬崖周围
收缩着泡沫精致的作品，那时
道路都被丢弃在山上，像麻绳
一样细小而随意；我注视着直到飞机
最后转向北方和空旷的海峡上空——
在渔民小岛之间，海峡
跟灰暗的大海相连——直到我喜爱的一切
被裹进云里；我注视着浅绿色
在有暗礁的地方破碎，
机身银色闪烁，每英里
分开着我们，而直到被空间隔断为止
一切忠诚都不够自然。然后，过一会儿，
我什么都不想；没什么，我祈祷，会改变；
我们在西维尔下落时，已经下了雨。

致安娜·阿赫玛托娃

1

依然梦见，依然思念，
尤其在阴冷多雨的早晨，你的脸变幻成
无名女学生，一种惩罚，
因为有时候你谦逊地微笑，
因为在微笑的嘴角是原谅。

被姐妹们围攻，你曾是她们
引以为豪的战利品，
被她们谴责的荆棘丛包围，
何等深重的罪过，何等伤害强加于你，安娜？

雨季负重来临。
半年就走了很远。它后背受伤。
毛毛雨厌倦地下着。

二十年过去了，

又一场战争后，炮弹壳都在何处？
但在我们黄铜色的季节，我们仿造的秋天，
你的头发熄灭它的火焰，
你的凝视追逐着数不清的照片，

时而清晰，时而模糊，
那所有细读的一般性，
那与自然合谋的复仇，

那物品狡猾告知的一切，
以及在每一行后面，你的笑
冻结成一幅死气沉沉的照片。

在那头发中，我能够走过俄罗斯的麦田，
你的双臂下垂，熟透的梨，
因为你，实际上，变成了另一个故乡，

你是麦田与堤堰的安娜，
你是浓密冬雨的安娜，
烟雾弥漫的月台和寒冷列车的安娜，
在那不在场的战争中，沸腾站台的安娜，

从沼泽边缘消逝，
从下着毛毛雨、冻得
起鸡皮疙瘩的滩涂上消逝，
早期青绿诗篇初现雏形的安娜。

如今有着柔美多汁的乳房，
蹒跚而行，修长的火烈鸟般
顶针中滞留着粗盐的
含笑沐浴的安娜，

黑屋里的安娜，在冒烟的炮弹壳当中，
举起我的手，在她胸前，
以她无法抗拒的清澈眼神为我们发誓。

你是所有的安娜，忍受着所有的别离，
在你身体的愤世嫉俗的站台里，
克里斯蒂，卡列宁娜，骨架粗大而屈从，

那种我在小说书页里发现的生活
比你更真实，你早已被选中
做他命定的女主角。你知道，你知道。

2

那么,你是谁?
我青年革命的黄金般的党员,
我的扎小辫的、能干而老练的政委,

你弯腰忙于革命任务,在蓝色的厨房里,
或悬挂旗帜的洗衣店,饲养农场的小鸡,
倚靠梦幻般的白桦林,

白杨,或别的树木。
仿佛一支钢笔的眼睛能够捕捉到少女的轻盈,
仿佛绿荫和阳光花豹似的在空白页
写着可能是这样的文字,

冰雪般异国的,
初恋般遥远的,
我的阿赫玛托娃!

二十年之后,在燃烧的炮弹壳气味中,
你仍能让我想起"对帕斯捷尔纳克的拜访",
于是你突然变成"麦子"一词,

回荡在耳旁,在堰湖冻结的沉寂里,
再一次你弯着腰
在卷心菜园子里,照料着
一群小白兔似的雪堆,
或从颤动着的晾衣绳上拉下云彩。

假如梦是预示,
那么此刻某个生灵死了,
它的气息从与众不同的生命,

从白雪之梦里,从纸
到白纸的飞舞,从跟随着这耕犁的
海鸥和苍鹭里飘去。而此刻,

你突然间苍老,白发苍苍,
如苍鹭,那翻过的书页。安娜,我醒悟
于事物从其自身分离的认识,
像剥落的树皮

醒悟于雷鸣之后,

明亮的寂静闪耀的空虚。

3

"任何岛屿都会使你发疯",
我知道你会渐渐厌倦
大海的所有图像

像年轻的风,一个新娘
整天翻阅着贝壳和藻类的
海洋目录

万物,这群
雪白的见习生苍鹭
我看见在灰色教堂的草坪上,

像护士,像圣餐之后年轻的修女们,
它们锐利的目光把我挑出来
仿佛你的眼睛曾经,仅仅。

而你就像苍鹭,
一个水上幽灵,
你渐渐厌倦了你的岛屿,

直到,最后,你飞起,
没有尖叫,
一个穿着你护士服的新信徒,

多年以后我想象你
走过树林到某家灰色医院,
平静的领受圣餐者
但决不"孤独",

像风,从未结婚,
你的信念如折叠的亚麻布,修女的,护士的,
此刻你为什么要读这个?

没有女人
应该读晚了二十年的诗。你传播你的召唤,
如同蜡烛,

走在挤满伤员的黑暗通道,嫁给病人,
认识一个丈夫,痛苦,
惟一伴随的,是苍鹭,雨,

石头教堂,我记得......
此外,那窈窕淑女般的新年的,
刚刚出嫁,像一棵白桦树
嫁给晶莹的泪珠,

还像一棵白桦树弯腰于登记处
无法,在电光一闪间,改换她的名字,
她仍把六十六写成六十五;
那么,注视着这些缄默的
苍鹭牧师,各自忙碌在
死者、石头教堂、石头中间,

我在你的荣耀中写下这首诗,当
婚誓和感情失败
你的灵魂飞跃,像一只苍鹭
从盐碱的岛屿草地上起航

进入另一个天堂。

4

安娜答道:

我单纯,
我那时更单纯。
正是天真
显得那么性感。

我能懂得什么呢,
这世界,这光芒?这泥巴玷污、
海水冲刷中的光芒,
这海鸥高声叫喊中

让黑夜进入的光芒?
对于我,它们单纯,
我不在它们内心,像我

在你内心那样单纯。

是你的无私
爱我如这世界。
我曾是一个孩子,跟你
一样,但你带来了

太多矛盾的眼泪,
我成为一个隐喻,但
相信我,我裸露如盐。

而我回答,安娜,
二十年后,
一个活了半生的男人,
下半生是记忆。

前半生,犹豫
为了本应该发生但不可能
发生的,或者

在不该如此时,
跟其他人发生的一切。

一片微光。她燃烧的紧握。铜炮弹壳,
锈了,那散发着火药味的铜。
在世界大战四十一年后。铜的微光
在黄蝉花丛中重新擦亮,
穿过窗外九重葛刺的
铁丝网,在阳光锯齿形花饰般点缀的门廊,
我眺望远方加农炮的烟云
在莫瑞上空,受伤了,哑口无言,
当她坚定地拉过我的手,第一次放到她胸前
新鲜、易碎的内衣上,
在僵直的沉默中,她这护士,
我这残废的士兵。还有
其他的阒寂,绝无如此深沉。从此
一直拥有,绝无如此确信。

新诗经典
CLASSIC NEW POETRY

SHAO YAN XIANG
邵燕祥

〔1933—　〕

　　祖籍浙江萧山，1933年6月10日出生于北京一个职工家庭。当代诗人，作家。北平中法大学肄业后在华北大学结业。1946年4月发表杂文处女作《由口舌说起》，批评了习于飞短流长的社会现象。1953年加入中国共产党。新中国成立后，历任中央人民广播电台编辑、记者，《诗刊》副主编，中国作协第三、四届理事。1958年初被错划为右派，1979年1月拨正。

　　著有诗集《到远方去》、《在远方》、《迟开的花》、《邵燕祥抒情长诗集》等多部，以及诗评集和杂文集若干。以文笔犀利著称。

邵燕祥诗选

到远方去

收拾停当我的行装，
马上要登程去远方。
心爱的同志送我
告别天安门广场。

在我将去的铁路线上，
还没有铁路的影子。
在我将去的矿井，
还只是一片荒凉。

但是没有的都将会有，
美好的希望都不会落空。
在遥远的荒山僻壤，
将要涌起建设的喧声。

那声音将要传到北京，
跟这里的声音呼应。
广场上英雄碑正在兴建啊，
琢打石块，像清脆的鸟鸣。

心爱的同志，你想起了什么？
哦，你想起了刘胡兰。
如果刘胡兰活到今天，
她跟你正是同年。

你要唱她没唱完的歌，
你要走她没走完的路程。
我爱的正是你的雄心，
虽然我也爱你的童心。

让人们把我们叫作
母亲的最好的儿女，
在我们英雄辈出的祖国，
我们是年轻的接力人。

我们惯于踏上征途，
就像骑兵跨上征鞍，
青年团员走在长征的路上，
几千里路程算得什么遥远。

我将在河西走廊送走除夕，
我将在戈壁荒滩迎来新年，
不管什么时候，只要想起你，
就更要把艰巨的任务担在双肩。

记住，我们要坚守誓言：
谁也不许落后于时间！
那时我们在北京重逢，
或者在远方的工地再见！

多盖些工厂，少盖些礼堂！

看，好一片密密层层的脚手架，

明天这里要出现一片厂房。

这一座工厂真不平常,
从这里要送出千万台机床。

日日夜夜我们交班换岗,
没有闲人,在我们的地方。

……偏偏有两幢庞大的建筑
耸立在我们工厂两旁:
一个戴着五脊六兽的大帽子,
一个穿着稀奇古怪的花衣裳;

每当我们紧张劳动的时分,
它们却投来旁观的眼光。

一个是礼堂,一个还是礼堂,
一个月有二十九天空空荡荡。

设计家树立了自己的"纪念碑"。
"慷慨家"摆出了自己的排场。

浪费了人民多少血汗钱!
啊,如果用这些钱来盖工厂……

社会主义的工业,难道说,
建筑在礼堂的弹簧皮座椅上?

我们伟大的事业刚在开端,
多盖些工厂,少盖些礼堂!

琴

两千年了,琴摔碎在山边水旁,
两千年了,高山流水早成了绝响。
知音不在,伯牙又到哪儿去了?
琴断口,琴断口哟,地老天荒。

我们采来琴断口的青石
投进白浪翻滚的长江,
一座,两座,三座……桥墩从江心涌起,
又绷上一条条琴弦似的钢梁。

我们的琴——横陈在长江面上,
江水滔滔,后浪推着前浪……
当代的人哟,将来的人哟,
知音的人们,听我们拨动了琴弦叮当!

假如生活重新开头

假如生活重新开头,
我的旅伴,我的朋友——
还是迎着朝阳出发,
把长长的身影留在背后。
愉快地回头一挥手!

假如生活重新开头,
我的旅伴,我的朋友——
依然是一条风雨的长途,
依然不知疲倦地奔走。
让我们紧紧地拉住手!

假如生活重新开头,
我的旅伴,我的朋友——
我们仍旧要一齐举杯,
不管是甜酒还是苦酒。
忠实和信任最醇厚!

假如生活重新开头,
我的旅伴,我的朋友——
还要唱那永远唱不完的歌,
在喉管没被割断的时候。
该欢呼的欢呼,该诅咒的诅咒!

假如生活重新开头,
我的旅伴,我的朋友——
他们不肯拯救自己的灵魂,
就留给上帝去拯救……
阳光下毕竟是白昼!

时间呀,时间不会倒流,
生活却能够重新开头。
莫说失去了很多很多,
我的旅伴,我的朋友——
明天比昨天更长久!

不要废墟（节选）

三　1979：我心中不是废墟

我沉思
为什么制造废墟？
是谁从中得到好处？
当我们今天清理废墟的时候
又有谁，还在掣肘
甚至幸灾乐祸
咬牙切齿？
眼前是废墟
但我心中不是废墟

六　1981：不要废墟

我的白发的祖国
我的返青的大地
甩掉紧贴在你额头的愁云和噩梦吧
让每一寸国土
不再出现历史的废墟
让每一寸心灵
不再出现精神的废墟
像咬一颗圆圆的透明的红樱桃
我认真又爱惜地咬着"建设"两个字
我们重新建设
社会主义的中国
不是回到五十年代
而是跨向新的世纪

神秘果

我是一颗神秘果
吃了我，我是苦的

我是一颗神秘果
吃了我，我是酸的

我是一颗神秘果
吃了我，我是咸的

我是一颗神秘果
吃了我，我是涩的

——不，你不是神秘果
你骗我，神秘果是甜的

你要吞下这一切
咀嚼了再咀嚼

最后也许有一丝甜味
酸咸之外的什么

苦的是胆汁
酸的是咽到肚里的眼泪

咸的是汗又是血
涩的是不流畅的句子

——哦，你是另一种神秘果
你是邵燕祥的诗歌

长　城（节选）

1

你们以为
只有滔滔的大河
才奔流不息么
她从星宿海发源
穿行黄沙白云间
九曲过龙门
跌宕入海

而我跟太阳跃起在太平洋
水淋淋地登上
北京湾，迤逦而西
曝干了鬓上的水滴
沉淀出历史之盐
我一路历数着燕山、太行
风吹草低的敕勒川

长车踏破的贺兰山缺
六畜蕃息的焉支山
注目新嫁娘脸颊上的胭脂
犹如山花照人
我这样奔驰了两千年
奔驰了两千多年啊

6

我愿意屏息倾听你们整齐的步伐
真正自由的战士的步伐
登上我的磴道，我的堞楼，我的烽火台
在新时代的鼓点中
宣泄那窒息了几千年的
奴隶的梦想
人的爱情

谁要以我的名义
鼓吹抱残守缺
闭关锁国
我不允许
谁要说我已经颓败
只是废墟
我不承认
谁要把我的宝贵城砖
盗去砌猪圈
或卖出换外币
我要斥责他
不肖的
忤逆的子孙！

最后的独白（节选）

1

我是谁？我是你的妻子？主妇？
朋友？伴侣？抑或只是你麾下
千百万士兵和听众里的一个？

你曾把耳朵贴在俄罗斯大地上，
连簌簌的草长都能听见，
但我相信你早已

听不见近在身边的
我的心跳的声音。

5

大地这一刻冻死了。
天空上的泪痕冻成一条一条的暗云。
微弱如烛的太阳
在我胸中一寸一寸地熄灭。

谁用蘸雪的松树枝
敲打我昏沉沉的冰冷的额头。
隔着紧锁睫毛的霜花，
我看见了熟悉又陌生的
严寒——严寒的鼻子通红，
逼近了，疯狂地吻了又吻
我的嘴唇，我的眼睛，我的肩膀
撒满了千万支松针。

7

没有刽子手，也没有监狱，
我会自己把自己放逐。
我怕　我怕我成为一个抹不去的阴影，
伴随你们不幸地活着又不幸地死去。

一切回忆都会消逝，
无论是痛苦的，还是欢乐的。
圣诞节的彩灯，壁炉边的歌，
十月革命节的方阵，气球，焰火，
天上和地下，过去和未来，
布洛克，叶赛宁，马雅可夫斯基
都有过最后的一夜，苦苦地
面对难于重建的生活。

我终归是丑小鸭，终我的一生
唱不出一句天鹅之歌。
我无力埋葬一个时代，
只能是时代埋葬我。

五十弦（节选）

第一首

我们辜负过多少月光
空有月明如水
空有月色如霜

只剩夜凉如水
只剩心冷如霜
我们辜负过多少月光

第十四首

记忆中只有一次篝火
五月的夜　初酥的泥土
干燥的榆木和微湿的艾草的芳馨

在记忆的篝火边寻找到你
火舌舔着的歌声
光影摇荡着凝定的眼神
记忆也已经烧成灰烬
依旧怀念着篝火熊熊

尽管火热的情歌不是唱给我的：
那时候我们多么年轻

第十八首

后来我独自走过的桥
多过了我们一起走过的路

闹市里我们旁若无人
从来不留心自己的足迹

山石的苍苔　雨天的泥泞
匆匆走来又匆匆走去
不懂得流连也不懂得惜别
踏着紧张的开车铃声
在月台上牵手飞跑

那就是最后一次挥手相送
不懂得最难重拾的是渺小的欢乐
最难数清的是过去的脚印
不懂得相望不见的模糊的辛酸
竟会变成隐约的甜味
不懂得有一天回首来路
短短的同行都变得可贵
仿佛听见你一声呼唤
我从倦旅中瞿然而起

金谷园（节选）

12

谁说过，在奥斯维辛之后写诗
是野蛮的，我可是野蛮的诗人？
我从来都不是趾高气扬的过客
从小奔跑着，寻找我神往的青春

谁说过，青春是一座繁盛的花园
想已在早年的路边交臂错过
墙头不见秋千和红杏，门前
挂着一把拒人于千里之外的锈锁

不是，不是金谷园，不是那园中华丽的诗
我不再寻找，我的青春更不在那里
花月正春风……全部青春化为沉默的丘墟
千万年的北邙山要埋尽一个个百年的秘密

但，经过了八王之乱以至奥斯维辛之后
世间仍有诗，诗比野蛮更长久

寻找自由的灵魂
——邵燕祥新诗导读

□ 刘玉杰

就自己的新诗、古体诗词和杂文创作,邵燕祥曾如此总结:"我以为,在我的写作生涯里,首先是自由诗,写了大半辈子,虽有很多败笔,其中毕竟有我的梦、我的哀乐、我心中的火和灰;其次是杂文,是我的思索、我的发言,数量大,十里选一,也还不无可取;最后,才是我原先只是写给自己,或顶多是二三友人传看的格律诗——我叫它'打油诗'。"(《邵燕祥诗抄·打油诗》,广西师范大学出版社,2005年版,第1页)由此可见,新诗在邵燕祥所有文学创作中的重要地位。

据李文钢的《邵燕祥诗歌创作年谱》,邵燕祥几乎每年都有创作、发表诗歌。因此,我们有理由相信,从最早发表新诗《失去譬喻的人们》、《偶感》的1947年起至今的70个春秋里,除却极为少数的几个年份外,邵燕祥从未停止过诗歌创作。邵燕祥已出版诗集约二十部:《歌唱北京城》(1951)、《到远方去》(1955)、《给同志们》(1956)、《八月的营火》(1956)、《芦管》(1957)、《献给历史的情歌》(1980)、《含笑向七十年代告别》(1981)、《在远方》(1981)、《为青春作证》(1982)、《如花怒放》(1983)、《迟开的花》(1984)、《岁月与酒》(1985)、《邵燕祥抒情长诗集》(1985)、《也有快乐,也有忧愁》(1988)、《邵燕祥诗选》(1992,台湾)、《邵燕祥自选集》(1993)、《邵燕祥诗选》(1994)、《邵燕祥短诗选》(2001,香港)、《邵燕祥诗抄·打油诗》(2005)、《邵燕祥诗选》(2011)等。此外,《找灵魂》(2004)、《〈找灵魂〉补遗》(2014)等书中也收录了诗人未见于其他诗集的新诗作品。另有诗话集《赠给18岁的诗人》(1984)、《晨昏随笔》(1984)、《我的诗人词典》(2010)等。

一、建设的赞歌与毁坏的悲歌

1940年代末自由而短暂的新诗创作之后,邵燕祥迎来他新诗创作的第一个高峰。建设成为邵燕祥1950年代诗歌的兴奋点:"1952年秋,使我深深触动的是第一个五年计划即将开始的消息。……我找到了属于我的诗的兴奋点,属于我的题材和主题。"(《找灵魂——邵燕祥私人卷宗》,广西师范大学出版社,2004年版,第151页)诗集《到远方去》、《给同志们》中的不少诗作成为他的成名作,比如《到远方去》、《我们架设了这条超高压送电线》、《第一汽车厂工地的第二个雨季》、《中国的道路呼唤着汽车》、《我们的钻探船轰隆轰隆响》等。

现实层面来看，他的工作使他选择了建设题材："我所从事的新闻工作，使我必须面对着当前的迫切的主题。从一九五四年以来，我有较多的机会出差到一些工厂、矿山和建设工程，因而反映祖国社会主义建设者的形象，就成了我的一天比一天强烈的愿望。"（《给同志们》，作家出版社，1956年版，第72页）他始料未及的是，此类诗歌却因政治因素而获《人民日报》好评，"他们是以政治标准看待我在处理这一经济建设题材的'政治热情'，以及这样的诗在动员人们尤其是青年积极献身社会主义建设上的'政治作用'。"（《找灵魂》，第160-161页）

而建设之所以成为诗人的兴奋点，却既不是因为现实工作，也不是因为政治正确，而在于审美。"回头来看，这些少作，借助于大规模工业建设的宏伟背景，以审美的眼光表现劳动，表现劳动者青春的生命力、主动性和敬业精神，区别于有些所谓写'工业题材'而见物不见人的'车间文学（诗歌）'。"（《找灵魂》，第160页）因而，邵燕祥诗歌中的建设，源于人对生成、生产的本能，工作需要和主旋律的号召只能看作是诱导的外因。经济建设如何写出诗意，如何浸透着主体的生命意识与生命体验？以审美眼光来看取经济建设，我们不难在德国浪漫主义文学如诺瓦利斯的《奥夫特尔丁根》以及中国现代文学如郭沫若的《炉中煤》等那里找到先例。对邵燕祥而言，建设本身所具有的生产性在那个匮乏的时代不需要他性的证明，本身就已具备无可辩驳的合法性。尽管随着时代大背景由经济建设（第一个五年计划）到政治改造（反右派运动）的转向，政治导向对邵燕祥的诗歌创作产生了巨大的影响，他也的确写出了真正意义上的政治诗，比如配合胡风案的诗篇《就在同一个时间》等，但这却成为其终生的痛点，诗人在不同场合表达出懊悔之情。

《到远方去》一诗总领了诗人的建设题材诗歌。该诗以北京为中心，放眼全中国的远方，北京和远方这一双重地理成为全诗的结构，两者遥相呼应，"在遥远的荒山僻壤，/将要涌起建设的喧声。//那声音将要传到北京，/跟这里的声音呼应。/广场上英雄碑正在兴建啊，/琢打石块，像清脆的鸟鸣。"（《到远方去》，新文艺出版社，1955年版，第9页）广袤的远方建设中，我们选取武汉长江大桥为例，考察诗人对其的跟踪式关注与书写。《我们的钻探船轰隆轰隆响》（1955年1月9日）、《愿望》（1955年9月8日）、《琴》（1956年7月）、《箫》（1957年7月7日）四首新诗可谓邵燕祥的武汉长江大桥四章，分别写大桥建设之前的勘探工作、大桥开建之始的愿望、大桥建设之中的古今联想、大桥建成之时的放歌展望。《我们的钻探船轰隆轰隆响》对黄鹤楼传说巧妙化用，将历史、现在与未来三种时间融汇于大桥这一具体意象之上："我们要给将来的人留下什么？／一座长桥横跨着万里长江！／到那时，黄鹤飞来不找黄鹤楼，／美丽的鸟将落上美丽的桁梁。"（《给同志们》，第23页）《愿望》写得政治化色彩浓厚一些，隔江高耸的黄鹤楼之所以引人目光，是因为"我们最敬爱的同志"曾登楼指点大桥修建之地，诗题的"愿望"指的是等到大桥落成时，希望能"请您来巡阅我们铺设的／每一根枕木和每一道桁梁"（《给同志们》，第42页）。《琴》和《箫》是邵燕祥早年抒情短章中难得一见的构思精巧之作。《琴》中的琴，有四重彼此勾连的指涉：知音传说中的古琴、伯牙摔琴的琴断口采石场、琴弦似的钢梁以及被比作琴的长江大桥。《箫》中的箫也是一种隐喻，既实指长江大桥桥墩所构成的九个孔洞，又喻指"吹出我们的豪情／我们的梦想，我们的爱……"的九孔洞箫（《献给历史的情歌》，人民文学出版社，1980年版，第116页）。建设诗歌的意象除了大桥之外，还有隐喻着沟通、速度的汽车、高速公路等，隐喻着内在、深度的钻探船、地质科考队等，如组诗《地质队诗抄》中的《基督山伯爵》："我们从一层层岩石的剖面／披阅着地球亿万年的史传／它指示着地下深藏的宝石所在"(《献给历史的情歌》,第175页)。

文革之后的诗作也不乏对建设主题的热衷。写于1970年代末的《我们还是拓荒者》,号召人们继续发扬拓荒精神:"有悠长的往昔,有更悠长的未来,/我们的传统是——拓荒者的精神。"(《献给历史的情歌》,第56页)写于1980年代的《到南极去》则是献给中国南极科考队和八十年代所有的拓荒者的。进入1990年代,国力的增强使得诗人的建设题材诗歌发生了视角的转变:从作为客体的建设转向作为主体的建设者,建设者的生命成为诗人首要的关注。如1990年代《藏北之什》组诗里的《殉道者》,就是写给唐古拉山口的筑路者;新世纪的《哀矿难》写矿难中牺牲的生命:"亿万年前的地裂山崩/把海洋的森林压成了煤/今天是什么天灾人祸/把活生生的青春变成了骨灰。"(《邵燕祥诗选》,花城出版社,2011年版,第298页)

建设的对立面是毁坏,邵燕祥没有停留于单一的建设赞歌,亦开掘出更让人震撼的毁坏悲歌。1955年的讽刺诗《多盖些工厂,少盖些礼堂!》可以看作是毁坏悲歌的先导,礼堂之所以遭到诗人的无情讽刺,在于它的消耗性。废墟构成与建设相对的一个核心意象。1980年代初,诗人面对共和国大地上的废墟,写出了《沉思在废墟上》、《不要废墟》等诗篇。曾经晨光如海的共和国变成了废墟遍地的共和国,诗人痛彻心扉地认出了现实,"共和国的青春/竟变成了废墟/而我们就在废墟边/咀嚼着火红的年光的记忆?/连曾经有过的快乐也归于虚幻/只有痛苦是真实的,沉重的,触摸得到的//我痛苦地认出了/这就是我自己的共和国"(《邵燕祥抒情长诗集》,第4页)。让人惊喜的是,邵燕祥并未沉湎于对废墟的无尽哀叹,而是通过诗歌表达出对毁坏的全面而辩证的认识。所谓认识的全面性,指既有政治原因,也有自然原因;既有物质文明的属物毁坏,更有人性精神的属人毁坏。《走遍大地》的第五节遍陈大地的多灾多难:"大水如山压塌了屋顶/大旱如火烤裂了河底/我颠沛流离,才知道/大地上有过多少天灾和人祸/每一个生灵像一根草/都是风霜雨雪饥饿瘟疫的孑遗。"(《邵燕祥抒情长诗集》,第45页)诗人自己十分看重的《贾桂香》就是对精神毁坏的探讨,面对生命的无辜陨落,邵燕祥无比悲愤,在1956年喊出了"中国不该有这样的夭亡"的不平之鸣,所反映出的知识分子良知让人刮目相看。所谓辩证性,指诗人深谙毁坏与建设的辩证互通。除了对废墟及废墟制造者的鞭挞外,格外地重申建设:"像咬一颗圆圆的透明的红樱桃/我认真又爱惜地咬着'建设'两个字。"(《邵燕祥抒情长诗集》,第18页)

二、创伤的铭记与本真的回归

毁坏留下痛苦的创伤,因而时间、历史、记忆、伤口、盐等构成邵燕祥反右运动后诗歌的核心语汇。时间和历史都是公正的,1957年的《时间的话》告诉我们:"时间啊,你是公正的,/你又宽厚,你又严厉。"(《献给历史的情歌》,第94页)如同时间、历史是公正的,作为时间、历史信息载体的创伤,也是公正而不容否认的。诗人拒绝将创伤美化成花朵,《答友人》里说:"啊,不要说,不要说什么/创伤,是挂在胸前的花朵……/那样的花是谎花,/假如它不能结果。"(《在远方》,花城出版社,1981年版,第20页)说那样的花朵只是"谎花",其实就是说那样的话就是谎话。让创伤保持创伤的形态,呈现创伤应有的痛苦,才是对时间与历史的尊重。不然,就是对真相的遮蔽。张志扬对此现象有精彩的论述:"人们太喜欢光亮,以致不意识,光亮比黑暗多一层遮蔽,即光亮本身亦是遮蔽的双重形式:这敞开同时也淹没黑暗、隐匿黑暗。"(张志扬:《创伤记忆》,上海三联书店,1999年版,第39页)只有铭记历史的痛苦记忆,才能医治灵魂的创伤。对于历史、时间,诗人在《假如生活重新开头》中表明自己的态

度——"该欢呼的欢呼，该诅咒的诅咒！"（《含笑向七十年代告别》，第103页）

　　在对创伤的书写中，蕴含最为丰厚的意象无疑是盐。《记忆》一诗将记忆比喻为盐，潜在的语境就是伤口的存在。邵燕祥不但没有拒斥盐，反而刻意在伤口处撒盐："我要化入你的血，/我要化入你的汗，/我要让你/比一切痛苦更有力。"（《含笑向七十年代告别》，第1页）《长城》中，诗人让我们看到长城与太阳一同从太平洋跃出，"水淋淋地登上/北京湾，迤逦而西/曝干了鬓上的水滴/沉淀出历史之盐"（《邵燕祥抒情长诗集》，第20页）。《土地之盐》是一首被我们低估甚至忽视的佳作，开篇展现出一个寻找者形象："中国：960万平方公里/青海：72万平方公里/柴达木：12万平方公里/在茫茫的柴达木/我寻找我自己。"这一寻找者的独特之处有两点：寻找的不是别的，是他自己；他在一个由大到小的独特地理结构中寻找。此诗显然受到何其芳的散文《论"土地之盐"》影响，何其芳开篇说土地之盐是旧俄罗斯对知识分子的称呼，提到当时人们对知识分子的不好印象。而邵燕祥却确证了自己的知识分子身份，"我寻找/我找到了/我的尊严/在茫茫的盐湖岸上/人们称我是：土地之盐"（《岁月与酒》，浙江文艺出版社，1985年版，第183-184页）。浩劫之后的他重新感到了知识分子的尊严。这一现实处境又引出与之互文的历史语境：知识分子在反右运动、文革中曾遭受到不公正待遇。特殊的历史语境给人们的灵魂留下伤口，隐喻着精华之意的盐，又增添出刺灼伤口之意的盐，而诗中所描写的盐湖又何尝不可解读为大地之伤口的隐喻？邵燕祥显然在向读者昭示知识分子的天职：作为人类精华的知识分子，要不断刺灼人类的伤痛。

　　邵燕祥的可贵之处在于，没有仅仅归责于"四人帮"等他因，而是进一步对自己做出了剖析。《不要废墟》中有对自我良心的谴责和报复："我咬破嘴唇/迸出声：活该！/受够了命运的惩罚之后/我要对自己进行报复/对自己有过的致命的天真/对自己有过的迷惘和软弱/对自甘麻木的市侩之心/对玩世不恭的犬儒之道……"（《邵燕祥抒情长诗集》，第9页）直至在新世纪的《老伤》中仍能看到这样的自责，"一生的伤痛集中于腰膝/问你还折不折腰/问你还下不下跪"（《邵燕祥诗选》，第302页）。

　　将《贾桂香》、《问大海》、《最后的独白》、《金谷园》放在一起省查，不难发现，它们写的都是女性之死。1950年代的《贾桂香》将自杀归因于主观主义与官僚主义，反映当时社会公共伦理力量对个人话语的压制，贾桂香的自我观念是微弱的，几乎未经抗辩便悄然自杀。1980年代的《最后的独白》写一个具有强烈自我观念女性的自杀，该诗的副标题是"剧诗片段，关于斯大林的妻子娜捷日达·阿利卢耶娃之死"。长诗由两部分组成，第一部分共10个章节，以阿利卢耶娃的视角展开，是她饮弹自杀前的心灵独白；第二部分名曰"诗人的话"，转换成诗人的视角，形成与阿利卢耶娃的对话："半个世纪也匆匆，/多少年华凋谢了，/一个不期望历史理解的/三十一岁的俄罗斯女人的魂灵/在人海里发现了寻找她的眼睛。"诗人的眼睛找寻、审视的正是阿利卢耶娃的临死之思，因而我们可以说，两部分的视角转换同时也是视角融合，是诗人与阿利卢耶娃的合一。阿利卢耶娃的悲剧在于丈夫斯大林爱的缺失，"我是谁？我是你的妻子？主妇？朋友？伴侣？抑或只是你麾下/千百万士兵和听众里的一个？//你曾把耳朵贴在俄罗斯大地上，/连簌簌的草长都能听见，/但我相信你早已/听不见近在身边的/我的心跳的声音。"这两节诗蕴含着巨大的张力。前一节从"我"出发，"我"徒有妻子之名，却无伴侣之实，与斯大林专制统治下的士兵、听众无异，只是被他看作听话的棋子而已；后一节转向"你"，斯大林可以听到俄罗斯广袤大地上野草簌簌拔节的声音，这一方面是讽刺他的专制与威权，另一方面是反衬他对身边亲人的冷漠。阿利卢耶娃选择了反对、抗议："无论你是上帝还是魔鬼，/我第一次不再听命运的决定。"诗人想借阿利卢耶娃传达出什么样的灵魂独白？"我走了。/我走我自己的路。"（《邵燕祥诗选》，第26页、第5-6页、第25页）1990年代的《金谷园》，重新将目光转向中国，带有比前两者更鲜明的女性意识。"朱门带给女奴的，不是福而是祸／惹祸的金谷园／却因此千古扬名／千古一名姝：缘于士大夫的轻薄／男权的眼光，还是弗洛依德效应？"（《邵燕祥诗选》，第86页）

邵燕祥早期的诗歌具有明显而天真的乐观主义倾向，进入1980年代的他，仍旧葆有乐观主义，但这是对生命困厄有了切身体验之后的"饱经忧患的乐观主义"。如同诗人在1984年的《我的乐观主义》中所说的，"已经成年的乐观主义／并不总是甜蜜的／有时它甚至满面泪痕"（《也有快乐，也有忧愁》，作家出版社，1988年版，第15页）。何其芳提出过一个公式：单纯——复杂——单纯。意思是无论人还是思想所经历的过程是："由原始的单纯，通过应该有的复杂，达到新的圆满的单纯。"（《何其芳全集》第六卷，河北人民出版社，2000年版，第491页）以此来观照邵燕祥的诗歌创作，的确是恰如其分的。邵燕祥1940年代的诗歌多属于原始的单纯之作，1950年代到1980年代初的多数诗作可以说是经历了应有的复杂，1980年代以来的不少诗作达到了圆满的单纯的境界。这一圆满的单纯的境界正是1981年的《神秘果》所表达的。"神秘果是甜的"是此诗给出的普遍设定，然而还存在苦酸咸涩的"另一种神秘果"，"苦的是胆汁／酸的是咽到肚里的眼泪／／咸的是汗又是血／涩的是不流畅的句子"，而"你要吞下这一切／咀嚼了再咀嚼／／最后也许有一丝甜味"。在诗的末尾，诗人告诉我们，这另一种神秘果不是别的，正是"邵燕祥的诗歌"（《如花怒放》，上海文艺出版社，1983年版，第26-27页）。邵燕祥这类圆满的单纯诗歌可称之为本真的诗歌。

邵燕祥之前的诗是写给他人读的、听的，他不甘寂寞地为自己的诗寻找读者和听众，是向公共伦理的"紧跟"、反驳与疏远；而此类本真的诗，是真正疏远了公共伦理后写给他自己的心灵独语，他不再需要倚靠他性的力量。恰如林贤治所言："当他耽留于寂寞和忧伤里，他的文字为一种或浓或淡的悲剧氛围所笼罩时，诗性最为纯净。"（林贤治：《中国新诗50年》关于诗人邵燕祥片段，《邵燕祥诗选》，第354页）我们在其中看到了中国古典诗词的意境、韵味，也看到了诗人早年钟爱的何其芳的影子，"私心还是偏爱例如何其芳《画梦录》一类作品的阴柔和精致"（《找灵魂》，第2页）。这是对生命本真状态的回归。《芳草与香精》很好地反映了这一点。诗中写到东西方对芳草的不同利用，一者是诗人熟悉的"十步之内必有芳草"的东方，他如此批评屈原对芳草的政治文化利用，"他毕生歌唱兰蕙芳草／指的是好人　君子　忠良／这原是老大中国的特色／奴隶对主子　每饭不忘"。二者是游历的西方，法国的香水工业引发出他对权贵的批判，"那末　以三吨忠荩的血／才提炼一公斤香

草琼浆／兑成香水　只够喷洒到／独夫君王　几个宠臣和后妃身上／／去冲淡宫廷里的血腥气味／遮盖狐臭和一切肮脏／可怜千百株清高的芳草／葬身在世上最下流的地方"（《邵燕祥诗选》，第114页）。借还芳草以自然的生命状态，体现出诗人对本真生命的还原精神。

组诗《五十弦》堪称此类诗歌中的代表作。第一首写月光里的时间之叹，短短六句诗构成独特的回环反复，"我们辜负过多少月光／空有月明如水／空有月色如霜／／只剩夜凉如水／只剩心冷如霜／我们辜负过多少月光"。即便是第五十四首里描写创伤的痛楚，也少了1980年代的直接而猛烈的批判，少了向他人倾诉的欲望，更多的是向内深掘的喃喃自语，蕴含着沉潜之美，"更多是在火舌舔我伤口的时候／每当我又把枉抛的心血／付诸一炬　跳跃的火立即点燃／你灼热的目光　向我逼问／这一遍焚稿是由于怯懦／还是为了——尊严"（《邵燕祥诗选》，第27页、第73页）。

三、诗艺的探索

邵燕祥服膺白居易的诗论，认为"情感是诗的出发点，也是诗的归宿"，以情感为中心的诗学观念，造成了他诗歌在形式美方面的顺其自然："篇无定行，行无定字，基本上是现代口语，间有书面语，散文句法，不讲究平仄对仗，不押韵，或只押大致相近的韵，转韵也没有定规，顺其自然。"（《邵燕祥诗选》，第1页）客观而论，邵燕祥的新诗的确不以意象的新颖特异、语言的古朴典雅、韵律的规范等取胜，但这并不是说他对新诗的艺术缺乏求新意识，以下几点当属他在诗艺方面的探索。

首先，新诗的杂文化。邵燕祥曾说："把杂文引入诗，把诗引入杂文"（《大题小做集》，上海文艺出版社，1994年版，第1页），这使邵燕祥的诗歌具有思想性与批判深度。邵燕祥在人格、文风、思想等多方面受鲁迅影响。进入1980年代以来，邵燕祥开辟出杂文创作的新领域，其杂文具有深刻的批判性与思想性，在中国文化思想界广获赞誉。这一批判性与思想性可追溯至他更早就开始的诗歌创作。诗歌杂文化体现在邵燕祥许多诗歌具有的一个特点：诗前或诗末都附有诗人用散文写成的起解释作用的手记、附白、后记等，它们所起的作用在于阐释诗作的缘由。这些缘由往往都是历史真实事件，诗人不便于诗中细陈，于是借助于手记、附白、后记等诗歌副文本来补充。《贾桂香》、《问大海》、《读报的心境》等诗均是诗人读报中新闻事件所得，如《读报的心境》的诗前就有如下文字："报载：波黑农业部6月23日说，萨拉热窝及其周围降雪达20厘米，大量蜜蜂面临死亡。"《金谷园》一诗的后记更是长达近千字，可以单独作为一篇杂文。

其次，长诗与组诗的开拓构成邵燕祥诗歌艺术的瞩目特点。长诗与组诗的最大特点在于容纳信息量的巨大，便于诗人展开宏大题材的书写。邵燕祥一方面是地方的、民族的，这里的地方往往并非单指故乡，事实上邵燕祥有意对故乡的概念付之阙如。他的地方是多元的，共同构成了一种宏大性。一种系列是区域性的，比如《河西走廊：一次匆匆的旅行》组诗、《北京风土》组诗、《鄂尔多斯纪行》组诗、《藏北之什》组诗；另一种系列是以中国为地方，如《中国，怎样面对挑战？》、《长城》等诗的中国书写。另一方面，其诗歌展现出的思想又达到世界主义、环宇主义的境界。《走遍大地》与《海之颂》是其世界主义的宣言，而大量的域外题材诗歌则是其创作实践。如1950年代的《旅苏诗草》组诗，1980年代以来的《南斯拉夫游记》、《母语写作·美丽城之什》、《母语写作·告别威尼斯》、《母语写作·欧罗巴鳞爪》、《母语写作·俄罗斯纪行》等。

再次，善于尝试诗歌的多种样式。邵燕祥表达出自己对大诗歌观的认同："作为写诗这个群体的一员，我希望看到更多有个性的诗人，有个性的诗，诗的路子越走越宽，而不是越走越窄。在这一点上我支持诗论家洪迪的命题：创造诗学与大诗歌。"（《邵燕祥诗选》，第2-3页）因此他创作有散文诗如《布谷鸟》、《无题》等，儿童诗如《八月的营火》、《芦管》等，题画诗如《疾风知劲柳》、《冰上白孔雀》等，歌谣体如《拟〈金沙江上情歌〉》、《续〈泥鳅调〉》等，旧体诗词如《邵燕祥诗抄·打油诗》等诗集。

最后，邵燕祥主张诗歌横向与纵向的借鉴与创新。"诗的创新，还要解决纵的（对中外古典特别是中国古典诗歌传统的继承），横的（对外国现代诗歌的借鉴）两个关系问题。"（《人间要好诗》，《诗探索》1982年第2期）邵燕祥对古典诗词的喜爱，从其出版的格律诗集《邵燕祥诗抄·打油诗》便可看出。在其新诗中，对古典诗词的运用也随处可见。如长诗《长城》直接引用古典诗句"万里赴戎机，关山度若飞"、"沙场秋点兵"、"八百里分麾下炙"等入诗。再如《太阳，你控诉的火焰！》是仿拟海涅的《德国，一个冬天的童话》，《最后的藤叶》则是重读欧·亨利同名小说所写，短诗《拟哈姆莱特》则完全化用莎士比亚"生存还是毁灭，这是个问题"这一名句。

在百年中国新诗史中，邵燕祥之所以是独放异彩的，就在于他将诗、史、思融贯一体，其诗歌总的主题是寻找灵魂。关于寻找灵魂，邵燕祥曾作如此独白："我也到所谓晚年了吧，这才发现：只有自由思想、自由意志，独立精神、独立人格，才是一个人的灵魂。找灵魂的路，好艰难啊。我愿与一切找灵魂的'过客'们，一起相扶掖亍前行。"（《找灵魂》，第2页）自由与独立被邵燕祥视作灵魂的应有之义。诗人深知，寻找自由与独立的灵魂殊非易事，因为他自己就曾寻找过其他的"灵魂"。诗人在《历史现场与个人记忆》中无情解剖自己："反右派运动后近二十年里，我的写作一直摇摆在'紧跟'和'跟不上'之间，我的为人则一直徘徊在'求用'和'不为所用'之间，以至于这时的我，已经从飞扬的'浪漫主义'下降到匍匐的'现实主义'，从'不识人间有折腰'堕落到发誓遵命听话，以冀做一个驯服的宣传工具而不可得。"（《找灵魂》，第7页）而这一切紧跟、求用、遵命，曾被诗人当作是灵魂来追求。诗人说寻找灵魂的人都是过客，所谓过客就是说他们没有预先设置好的目的地。自由与独立的灵魂并非可知可感的具象存在，并非有限之物，而是无限之精神。寻找灵魂是毕生之事，当人宣称他早早找着了灵魂时，必然不是自由与独立之灵魂。

写作事关灵魂之事，是映照灵魂深浅的镜子。对于邵燕祥来讲，惟有诗歌可以完整映照出他灵魂的编年史。他对自己的创作时刻保持着近乎严苛的反省："三十年间，我写过一些通常所谓的政治诗，而这些诗并没能唱出时代的最强音，人民最迫切的心声。我也写过一些通常所谓的抒情诗，而限于才力，这些诗也大都是平庸的。我还写过一些通常所谓的讽刺诗，更多嫌粗疏草率。在文学史上，这些都属于速朽之作。"（《献给历史的情歌》，第261页）他在诗歌里丢掉的自由与独立之灵魂，仍旧要在诗歌中找到。因而，他不同意奥斯维辛之后写诗是野蛮的这一论断，"经过了八王之乱以至奥斯维辛之后／世间仍有诗，诗比野蛮更长久"（《邵燕祥诗选》，第87页）。Z

诗评诗论
POETRY REVIEW POETICS

诗歌：接地气与望星空

诗不只是对现实的摹写，它应该具有超越性，其核心是诗人的独到发现和独特体验，这种发现和体验应该具有普视性，应该能够说出众多热爱生活、思考人生的人们的共同心声，应该成为记载这个时代的精神追求的范本，应该包含对这个时代的诗意评判，更应该在立足当下的基础上具有超越时代、超越现象的精神力量。

——蒋登科

诗歌：接地气与望星空

□ 蒋登科

孔子说："不学诗，无以言。"这里所说的"诗"，指的是当时流行的《诗经》。孔子的意思是说，一个人不学习《诗经》就不会说话，或者说不好话。从表面看，孔子重视的是《诗经》的语言，它不同于普通语言，而是优美的诗的语言，学好了《诗经》，就可以在表达上提升自己。深层次看，也涉及《诗经》的精神内核。《诗经》是中国的第一部诗歌总集，内容非常丰富，涉及历史、文化、民风、民俗、时代风尚等等内容，一个人学好了《诗经》，就对时代有了了解，就有了丰富的知识，并因此而有了内涵、教养。后来，人们把这个"诗"字泛化了，指代所有优秀的诗歌作品。这种泛化依然具有诗学价值，体现了诗歌在中国文学中的重要地位和影响，体现了诗教在中国传统教育中的不可替代，所谓诗书传家就是对有文化、有教养的家族文化的肯定。

就传统来看，中国诗歌主要有两条发展线索。北方的《诗经》主要关注现实，朴实厚重，是现实主义诗歌的源头；南方的《楚辞》主要抒写诗人基于现实的心灵体验，追求与天地对话，想象丰富，属于浪漫主义诗歌的源头。在诗歌发展中，这两种传统既并行发展，又时而交错融合，形成了中国诗歌的多元风貌。

新诗的诞生在很大程度上受到外国文化、艺术思潮的冲击和影响，最初的动因肯定存在反传统的因素。但是，作为几千年汉语诗歌的一种延续和新变，加上汉语强大的生命力和表现力，无论怎样反叛、怎样变化，新诗在文脉上都无法脱离对优秀传统的延续，也不应该脱离这种传统。割断了文脉，其实也就是割断了血脉，我们更难找到自己的根基和来路。所以，诗歌界、学术界才有了从传统、文化、文脉等角度对新诗历史的不断梳理和反思。

百年新诗发展积淀的经验是丰富的，比如现代汉语作为诗歌媒介的合理性得到了确认，诗歌体式的多元化得到了认可，内在精神与外在世界关系的复杂性、多样化得到了认可，诗歌文体的开放性被诗人和读者接受，等等。但是，百年新诗发展也为诗歌探索提供了一些教训，比如，何为好诗的底线、标准不断被突破，而新的标准又没有建立起来；破与立的关系处理不够理想，破得多，立得少，导致诗歌艺术探索的茫然；经过长期积淀形成的诗歌文体特征面临严峻挑战，诗与其他文体的区分度越来越模糊；诗的美学特征、精神向度、语言方式等等失去了可以考察的标准，等等。经验带来的是未来的延续向度，教训提供的是发展中的茫然。经验可以指引未来的发展，教训则提醒我们此路不通。

　　回头看看中国诗歌传统，现实主义、浪漫主义及多种思潮的合流发展是一个总体的趋势，在此基础上形成了诗歌的丰富和多元。其共同的特点就是，既要立足现实，又要仰望星空，换句话说，就是既要有民族的、时代的、个人的深刻体验，又要在此基础上有所超越，实现作为精神现象而存在的诗歌的穿透、提升。

　　面对当下的诗歌发展，我们不得不承认不少诗人在语言创新、体式实验、想象联想等方面体现了和过去的诗歌有所不同的特点，语言的新颖度比较明显，抒写的自由度也越来越高。但是，我们也不得不面对一些问题，比如，一些诗人的作品缺乏深度的现实关怀和独特的人生体验，看不出明显的时代元素，看不出作者的学养、人格，表面化情形比较普遍，透过豪华的文字组合，作品的内在显得很空虚，恰如一些包装精美的商品，吸引人的主要是对外壳的打磨，而不是内在质地的提高，有点类似于买椟还珠的故事中的"椟""珠"关系，我们只能够看到"椟"而见不到"珠"，最终导致了诗歌普遍存在的"空壳化"弊端。由于不少诗人对于个性化追求的忽视，一窝蜂地追随潮流，忽视了在坚守诗歌底线基础上的创造性，导致不少作品在面孔上、内涵上存在很大的相似，出现了诗歌的"同质化"弊端。

　　从历史发展看，在中国这个诗民族，不是读者不需要诗歌，诗歌走向低谷，往往是因为读者找不到适合自己阅读的作品。尤其是在文化方式、传播方式越来越多元的时代，诗人更应该小心翼翼，更应该拿出精品，更应该克服浮躁，精心打磨，更应该将世界和他人装在心中，以优秀的作品来抢占读者的阅读时间，进驻读者的心灵世界，否则，我们的诗歌就只有越来越被人忽略，就只有不断走下坡路。

　　我们承认，诗歌创作是个人的事情，跟个人的修养、观念、才气、世界观等等都有着密切关联。但是，我们也必须意识到，诗歌既然以艺术的名义走向了公开、走向了媒体，就必然和读者发生关系，读者有选择阅读对象的权利。当我们的表达方式和读者能够接受的表达方式发生冲突的时候，当我们的作品和读者的心灵无法产生共鸣的时候，我们的诗歌就可能处于危险的边缘了。在这个意义上说，诗歌又不只是诗人个人的事情，诗人的心目中必须有世界，有他人，诗人必须要掌握能够和世界、他人沟通的语言方式，还要在现实体验中获得独特的艺术发现，并尽可能消除其中的私人

化元素，获得既独特又具有普视性的情感内涵、人生哲学。说到底，诗人必须对历史、对文化、对语言、对诗歌艺术充满敬畏。

诗歌应该"接地气"。诗歌自然需要丰富的想象，无限的联想，可以视通万里，文接古今，意盖中外，但诗歌必须有根基。这根基就是实实在在的历史、文化和现实生活。每个时代的诗歌都有自己的特点，都不同于其他时代，因为每个时代的诗歌都应该有这个时代的底蕴和风尚。那些不接地气，不关心这个时代的作品，往往是悬空的，自然也就无法进入这个时代的读者的心灵世界，也无法生出共鸣。

诗歌应该"望星空"。这是一种超越情怀。按照传统的说法，诗人是时代精神的引领者，诗是时代精神的最真实记录。诗不只是对现实的摹写，它应该具有超越性，其核心是诗人的独到发现和独特体验，这种发现和体验应该具有普视性，应该能够说出众多热爱生活、思考人生的人们的共同心声，应该成为记载这个时代的精神追求的范本，应该包含对这个时代的诗意评判，更应该在立足当下的基础上具有超越时代、超越现象的精神力量。如果诗人所记录的仅仅是这个时代的面孔，所关注的仅仅是这个时代的表象，甚至和这个时代毫无关系，那么这样的诗就很难站立起来，更难成为后来者反观这个时代的人文标本。

就当下的诗坛来看，"接地气"似乎不存在很严重的问题，由于叙述手法的大量使用，很多诗歌作品都具有生活化、细节化、世俗化等方面的特点，我们可以从中读出诗歌和现实的密切关联。但是，由此带来的主要问题是诗歌的琐屑化甚至私人化、庸俗化、猥琐化，诗歌成为贩卖个人"隐私"、发泄私人牢骚的场域，我们读到的是现实与生活的"矮"与"小"，而难以从中体验到精神与胸怀的"高"与"大"，其结果是缺乏胸怀和境界。正因为如此，在名诗人遍地的当下诗坛上，我们实在难以找到可以为诗歌艺术发展、人文精神引领指示方向的大诗人。说到底，所谓"望星空"就是一种理想光辉，就是对现实的精神超越和提升，这种超越与提升赋予诗歌以内在的力量，给读者提供精神的慰藉与启迪，也为我们的文化、艺术发展疏通和延续文脉。只有既"接地气"又"望星空"的诗歌，才能引领我们这个时代的精神风尚，才能成为既避免空洞又有高境界的作品，也才能为诗歌艺术的发展和时代精神的提升发挥独特的作用。

在评论诗人傅天琳的作品时，我曾经说她的诗"眼光向下，感觉向内，精神向上"，说的就是诗歌要扎根丰富的现实和实在的体验，要有独特的诗化手段，同时要有内在的精神力量。只有这样，驳杂的诗歌才能找到自己的发展方向，低矮的精神才能站立起来，中国新诗才能拥有光明的未来。[Z]

尽情撒野吧：百年新诗的文体学思想批判

□ 李志艳

从胡适于1916年8月23日创作《尝试集》中的第一首诗《蝴蝶》算起，中国新诗已经百年有余了。但有些学者认为，"1918年元月，《新青年》4卷1期首次发表白话诗9首，标志着中国新诗的诞生"（刘扬烈：《中国新诗发展史》，重庆出版社，2000年，第2页）。新诗的发展与社会时代的发展关系紧密。从其命名称呼白话诗、新诗、自由诗、现代汉诗来看，就已经标识了新诗发展的简要脉络、生长语境、文学场域及其变化规律。新诗的命名变化背后隐藏的是其文体学问题的大讨论，这场旷日持久的争论产生了斐然成果，但也暴露出诸多学理弊端，乃至对新诗发展的桎梏性要素。

1

中国新诗的出现自然离不开胡适等人的重要贡献，这也基本上形成了目前学术界的一个共识。如李丹梳理了胡适使用白话诗和新诗这两个名称的转变过程，"自从在美国留学时开始尝试白话入诗，胡适便高频率地、未曾更改地使用'白话诗'这一名称，在归国之后的前两年继续沿用，即使发表于1919年5月的《我为什么要做白话诗——〈尝试集〉自序》一文，以及1919年8月1日完成的修改稿《尝试集·自序》，仍然在用'白话诗'；并且在他的影响下，其周围的人都使用'白话诗'这一名称，如朱经农、任鸿隽、钱玄同等。然而，情况于1919年10月发生了变化，在《谈新诗——八年来的一件大事》一文中，胡适启用'新诗'这一名称"（李丹：《论胡适改称"白话诗"为"新诗"》，《四川师范大学学报》2012年第6期）。

新诗向自由诗的转化在时间上难以有清晰的界定，只是当时以胡适、冯文炳等为代表的诗论家在谈论新诗创作问题时的一种态度、立场和认识。在此方面，胡适似乎过多地偏重于借鉴西方，黄维樑说："（胡适）1919年发表的《谈新诗》一文，也提到华兹华斯，以及布莱克（Blake）、惠特曼（Whitman）……英国十九世纪华兹华斯主张用日常用语写诗，百年后的意象派重弹此调；胡适的白话诗，确实受了英美诗的启发。不过胡适的自由诗，并不像郭沫若那样不可羁勒、放任到底，而是颇有节制的。"（黄维樑：

《五四新诗所受的英美影响》，《北京大学学报》1988年第5期）这其中已经突显了几个问题，一是所谓新诗创作的问题集中显在语言上，语言是新诗文体学的核心问题。以此为中心，才能涉及新诗的艺术目的及艺术功能。二是新诗是白话诗，白话诗就是自由诗。但是自由诗又"自由"得不彻底，从一开始就磕磕绊绊，对于一些已有的古诗词范式"藕断丝连"，其革新性的不足又恰好体现出新诗与古典诗的血缘关系。当然，从新诗到自由诗的称号改变，应该没有多大的时间缝隙，新诗的酝酿到新生，白话—自由本来就是一对孪生子。当然，这也埋下了一些问题伏笔，白话就是自由的吗？如何把握自由？三是新诗产生的立场以及主要价值属性是非常清晰的，即进行语言革命，正如沈奇所言"新诗是移洋开新的产物，且一直张扬着不断革命的态势，至今没有一个基本稳定的诗美元素体系及竞写规则，变数太多而任运不拒"（沈奇：《新诗：一个伟大而粗糙的发明——新诗百年反思谈片》，《文艺争鸣》2015年第8期）。

新诗到底是不是纯粹"移洋"的产物，新诗在"自由"领域是不是始作俑者？这些问题在当时就已有争辩，废名（冯文炳）就一方面批评胡适对于新诗的产生前提认识不清楚，"他（胡适）的前提夹杂不清，他对以往的诗文学认识得不够。他仿佛'白话诗'是天生成这么个东西的，以往的诗文学就有许多白话诗"，另一方面直接提出，"我们的新诗一定要表现着一个诗的内容，有了这个诗的内容，然后'有什么题目，做什么诗，该怎么做，就怎么做'"，"我们的新诗应该是自由诗。"（陈建军 冯思纯编订《废名讲诗》，华中师范大学出版社，2007年，第18-21页）废名的意思大体有三层，一是新诗的产生不是天外来物，当然也不可能绝对是西洋进口，它的源头还是在中国本土。二是新诗的主要问题还是语言，即"白话"，但"白话"是一个相对的概念，所以基本上任何时期都有自己的"白话"，那自然在新诗以前的中国古代，"白话诗"就是诗歌家庭中的成员。三是关于"新诗"的"自由"观念，废名应该是个毫无底气，或者说是主观臆想的彻底主义者，因为什么是"诗的内容"，什么是"该"，什么又是"不该"？根本没有标准答案。

废名的观点牵出了两个重要问题，一是难以确定新诗是什么的问题，惟一能够确定的是，新诗应该有当时的"白话"，但这只是一个形式，不是新的诗学理论或是诗体标准。二是新诗的起源问题。关于此，学术界基本有相对统一的意见，新诗主要是来自于三个方面。其一是中国古典诗词。如姚新勇就谈到，在1949年之前的文学大环境，"新旧文学的关系，在本质上并非你死我活、你存我亡的关系，而是以新文化、新文学为主导，旧文化、旧文学为归属、为辅助、为补充的关系"，以此为基础，"传统文化、旧诗也并未成为历史的垃圾被弃置"，"新诗在不断的探索演进的历史中，传统的元素常常以或隐或显的方式被吸纳、激活，或作为激发现代中文诗歌变化的催化剂"（姚新勇：《诗歌共同体的转化与中国诗歌的新旧嬗变》，《江西社会科学》2016年第3期）。中国新诗的出现不仅是中国文化发展史上又一次阵痛分娩，同时也是对中国传统诗歌创作范式的继承与超越。其二是中国民歌传统。贺仲明认为中国民歌对新诗影响的典型表现就是"三次大规模民歌潮流"，"这三次潮流在不同时代政治文化环境和文学观念下兴起，存在着规模、主导思想和得失上的显著差异，但它们共同代表着以本土文学为精神内核的民歌与新诗的密切关系"。这三次潮流分别是1918年开始的歌谣征集运动、1940年代抗战背景下的根据地诗歌创作、1958年的新民歌运动（贺仲明：《论民歌与新诗发展的复杂关系——以三次民歌潮流为中心》，《中国现代文学研究丛刊》2008年第4期）。三次民歌潮流，意味着民歌影响新诗在本质上是带有特定意义目的的、自上而下的自觉性文化学习活动。这种学习虽然带有"范本"和"范式"的意义，"'歌谣'在形式、趣味和题材上的朴实、平民意味及其开放性，对于'新诗'倡导者来说，又几乎构成一种无法回避的诱惑"（孟泽：《"绝对的开端"："新诗"创生的诠释与自我诠释》,《湘潭大学学报》2015年第2期)。但对新诗发展所起到的作用力度,却难以匹敌西方诗歌的影响。其三是西方诗歌的影响。这方面主要是指西方的自由诗,尤其是以惠特曼的诗歌作为代表。1922年2月20日,刘延陵在《诗》1卷2期发表的《美国的新诗运》一文,肯定了惠特曼的自由诗成就,尤为推崇其创作的"精神自由",以及表现于外的形式要素,如使用现代语言即日常语言,不死守特定韵律;内容上可以"绝对自由",当然"切近人生"更好。或许存在着相同的历史使命和艺术目的,"胡适是为了打到僵死的文言文学,建立白话的国语的文学,而惠特曼是为了冲开英国文学的藩篱,与英国诗体学决裂,建立适应时代要求的独立的美国诗歌"(王光和:《论惠特曼自由诗对胡适白话诗的影响》,《安徽大学学报》2009年第1期)。革命需求的相通性直接促导了两大精神文明的高度密合。

梳理新诗的起源可以发现:从驱动力来说,复杂多变的社会、文化格局导致了新诗创生的动力因素多元而丰富,但主要集中在旧的语言形式与激变动荡的社会表现需求存在巨大裂痕这一点上,语言形式的革命是新诗创生的主体语境和主要动力。从创造主体来说,新诗的作者们主要是一批知识博学的精英化作者,他们虽有意识地承继于传统、仿学于西方、受益于民间,但总体来说,是一场自觉的、先在性的、集点播散式的文化运动,这一开始就制定了一个高点,无意就造成了诸多盲区。从价值目的来说,新诗创生的直接目的是要颠覆文言制诗的统治地位,是以在"扳倒"的过程中显得激进而武断,取式于西方成为主要潮流。这三个方面都极大地推动了新诗的产生和发展,但也留下了明显的隐患,一是新诗发展的时间、取得的成就与社会期待不成正比;二是新诗创生发展的内在性被严重忽视了,主要表现为诗歌文体自觉性与自适性的削弱、系统性失衡。

2

前文的分析已经表明,新诗的创生发展诸多元素主要是外在性、先在性、跨越式的,它导致了新诗创生发展的失衡与激越。而同时加强这一趋势,不断推波助澜的,就是新诗的接受状况,主要包括社会文化对待诗歌文体的惯性思维、学术界的部分研究、西方逻辑理性的思维影响等。

对比起中国古典诗词,百年新诗虽以革新的面目跃入世人眼帘,但由于其并不占有传统诗体的社会文化统治地位,又兼之中国古典诗歌的超绝成就,文化机制的突变与接受习惯的稳定固守,直接导致了新诗接受的分化,甚至是排斥。早在1919年10月俞平伯在《新潮》第2卷第1号发表的《社会上对于新诗的各种心理观》中就已经提到了不少反对新诗的声音,如"一国自有一国特殊的文学,唐宋以来的近体诗,是我国粹的出品,何必'削趾适履'去学外国人呢?"陈仲义也感慨新诗"发轫期的稚嫩、夹生、散漫、浮嚣,特别西化,难逃接受的诟病"(陈仲义:《新诗接受的历史检视》,《中国现代文学研究丛刊》2016年第12期)。而从文化心理学的角度来讲,"我们看待世界的方式常常被一个文化透镜所过滤,我们的行为方式也常常受到文化传统的指导。"〔美〕赵志裕 康萤仪:《文化社会心理学》,刘爽译,中国人民大学出版社,2011年,第107页)这种文化传统的指导作用所形成的习惯心理包括两个方面,一是就广大诗歌接受者而言,刚刚蹒跚学步的新诗在中国古典诗词面前,犹如婴儿伏在父亲高大宽阔的脊背上。接受者的不满导致了诗歌创作者和理论家的贪功激进,势必要迅速建立与之能够一争长短的新诗诗体,新诗文体学思想在没有探索实践和文本创作积累的前提下,显得焦灼而盲目。在此情况之下,第二种情况发生了,传统文化的习惯作为意识的深层领域和知识模块,开始制导新诗创作者和理论家进行无意识的回归与模仿,于是,新诗文体学的思想除了语言上的白话文之外，又基本上是在复述中国古典诗学的文体理念，比如说新诗的"三美"，或者转而膜拜西方。

与此紧承而来的是学术界的不断探索。於可训在《新诗文体二十二讲》（武汉大学出版社 2012 年版）中将新诗分为"自由体"、"格律体"和"民歌体"，这显然和新诗创生起源紧密相关，但由于这三大类诗体后面紧跟着诗歌作者，如"现代派诗潮与望舒体"，可见其文体学思想系以点带面，针对的侧重点是诗体个性化意义之后的影响作用。后在第二十二讲"新诗体的构成要素与表现手法"中，又从"诗与散文"、"直言与比兴"、"意境与意象"、"隐喻与象征"、"感觉与印象"、"反讽与荒诞"、"口语与诗语"、"有韵与无韵"八个方面来进行讨论。这其中蕴涵着诗歌与散文的文体交叉研究、修辞技法研究、美学功能研究、文本构成研究等，且将中西古今的新诗影响元素都囊括其中，表面上较为松散，但却关注到了新诗文体学的主要核心领域和关键问题。

熊辉的《外国诗歌的翻译与中国现代新诗的文体建构》（中央编译出版社 2013 年版）扣住了外国诗歌对新诗的影响主要落脚于翻译一途，清算了翻译过程中所造成的误译讹传，总结了外国诗歌翻译对中国新诗文体建构的影响主要包括"诗歌文体观念"、"语言建构"、"形式建构"、"文体建构"，并在新诗形式一栏中又细分出"自由诗体"、"格律诗体"、"散文诗体"、"小诗体"、"叙事诗体"等。以这些为基础，提炼出外国诗歌翻译与中国现代新诗文体的关系思想。与於可训的专著比较，熊辉的著作选择了一个新的角度，但从新诗文体学的构成关系与范式来说，却是有着基本的一致。当然这种一致与新诗的创生成长是紧密贴合的。

对于新诗文体的讨论一直都十分热闹，王珂在梳理新诗史上最重要的三次"诗体之争"（分别发生于 1920 年代、1950 年代和新世纪初）之后提出"新诗诗体学要借鉴形式文体学、功能文体学、文学文体学、语言学文体学、文化文体学、话语文体学、批评文体学和计算文体学，建设以包括新诗文类学、新诗语言学、新诗意象学、新诗生态学、新诗功能学、新诗文化学、新诗政治学、新诗传播学、新诗诗美学等为主要内容的新诗诗体学"（王珂：《新诗诗体学的历史、现实与未来——兼论新诗诗体学的构建策略》，《河南社会科学》2012 年第 8 期）。对于新诗文体的思考几乎囊括了与新诗相关的一切因素，新诗文体研究不仅走向了交叉学科的道路，更显示了精细的类型学思想。

向阳不仅区分了新诗、现代诗和现代汉诗，提出："在台湾习惯称现代诗，在大陆早年，一直到 1990 年，大概都习惯称新诗，1990 年后开始有人主张使用现代汉诗。用现代汉诗的意思就是要涵括整个华文，而且用现代主义或现代的方式来写的汉文的诗"，而"现代诗是台湾发明的一个特别的'现代诗'的名号，通常指 1950 年代现代主义运动开始，现代派成立之后的诗"，同时，向阳还区分了新诗和其他文体，说新诗也能叙事，但更重视"情感性、戏剧化和意象性"（王觅　王珂：《新诗应该重视诗歌生态和诗体建设——向阳教授访谈录》，《晋阳学刊》2016 年第 1 期）。也就是说，对于新诗诗体的关注，又从区识性研究开始走向区识性和同一性研究的融合。

这些研究所取得的成果是显著的。但从其发展脉络来看，新诗文体研究大致经历了三个阶段，一是依持阶段，即依据中国古典诗词理论、西方诗学、民歌以及新诗创生发展史，提炼出了新诗的系列基本问题，奠定了新诗的基础；二是新诗文体的独立阶段，希冀在新诗文体的区识性与同一性研究中，提出新诗文体的相对准确的定义，或者至少应该"建立以准定型诗体为主导的常规诗体"（王珂：《新诗应该建立以准定型诗体为主导的常规诗体》，《河南社会科学》2004 年第 3 期），显然这一努力并未成功；三是繁复阶段，或称之为交叉学科阶段，这一阶段才刚刚开始。这其中掩盖了，或是受了西方逻辑理性的影响，学术界执著于新诗文体的建构，然而在这一建构中，一方面在新诗外在性的道路上越走越远，新诗文体建构的高屋建瓴脱离文本实际，成为寂寞的

"纯粹"理论；另一方面，新诗文体建构愈加错杂繁复，新诗文体建构渐渐脱离其核心问题，而导致了新诗文体内外系统建构失衡的加剧，甚至是新诗创作和新诗文体理论的别路而驰。

3

到底什么才是新诗最核心的问题，什么才能很好地平衡新诗的内外系统之间的关系，促进新诗文体学的自主性发展呢？是语言。王光明认为，"二十世纪中国诗歌最大的问题仍然是语言和形式问题，汉语诗歌的发展必须回到语言和形式的建构上来，才能使诗歌变革'加富增华'而不是'因变而益衰'"（王光明：《中国新诗的本体反思》，《中国社会科学》1998年第4期）。

如何来进行语言建设呢？首先回归中国古典诗词传统。有三个特点值得注意，其一是关于中国诗歌文体学的思想，其资源非常丰富，如《毛诗序》言："诗者，志之所之也，在心为志，发言为诗。情动于中而形于言。""情发于声，声成文谓之音。"之后谈到了诗之六义等。《毛诗序》的诗歌文体学思想是在对诗歌《关雎》的鉴赏批评之后产生的，依持的主要是社会文化与诗歌之间的关系，推崇的社会目的性也非常明显。但无论怎样，先有诗歌创作，后有文体学思想的基本思维途径是清晰的。刘勰的《文心雕龙》是在《原道》、《征圣》、《宗经》、《辨骚》、《正纬》等"文之枢纽"之后提出的文体学思想。《文心雕龙·明诗》："诗者，持也，持人情性；三百之蔽，义归无邪，持之为训，有符焉尔。""人禀七情，应物斯感，感物吟志，莫非自然。"其间的思路非常清楚，就是在寻求哲学、社会文化合理性前提之下，通过文本范例的模式来探索诗歌文体，最后将问题的核心还是归结到了言意关系，是以《文心雕龙·物色》中云："吟咏所发，志惟深远；体物为妙，功在密附。"可见刘勰还是走的经验——总结的路子，并且在文体学的关键问题之言意问题上，搬出"体物"一说，背后传达的是该问题难以逻辑阐明，或者说不能阐明，也没必要阐明。其后严羽的《沧浪诗话》以禅喻诗，在禅机和诗理相通的前提下，严羽关注到了禅宗独特的言说方式和话语超越属性，才得以推动实现中国诗歌文体学的突破性发展。王国维的《人间词话》接通了中西，但根骨还是在本土，其"有我之境"、"无我之境"、"境界"说还是立足于文本的批评阐释，论证的途径也并未诉诸逻辑理性一途，还是坚持了中国的"体物"、"体悟"传统。其他两个特点比较直观，且为学术界所公认，一是诗歌文体学思想的包容性与交叉性，它不仅含蕴了其他韵文文体如"赋"、"乐府"等，还和散文文体学思想有相通之处，如都强调"讽谏说"、社会功用论、得意忘言等。二是文本创作中诗歌、散文、小说等几乎都可以为了表意需要而通用，如中国古典小说"文备众体"，其间"回目"本就是韵文形式，诗歌文体也与其交融为一体。这些归结起来，无非是看重诗歌创作本身而反理念先行、突显经验总结而拒斥逻辑理性、强调文体区识与同一的融合等。当然，这些都可以在诗歌创作——语言问题上得以集中体现。

西方的理论思想也印证了中国古典诗学的合理性，于连·沃尔夫莱（Julian Wolfreys）认为："书写讨论和包含的是全部语言的运作"，而这其中又充满着矛盾，一方面，理论"充满了内部矛盾和斗争"，另一方面，作为理论表征的"术语"、"概念"、"主题"等不断角逐，尤其是作为表述书写、阅读的语言所显示的理论、术语等，或是为了"清楚地说明阅读是什么而付出的努力，阅读时都发生了什么，阅读是否是'在家'的活动或仅为'愉悦'，还是在特定的制度环境内的活动"，或是只能依靠语言自身的"含混、悖论、矛盾等"（[美]于连·沃尔夫莱：《批评关键词：文学与文化理论》，陈永国译，北京大学出版社，2015年，第331–337页）。这表明所谓理论关注只能是活动本身，诉之于逻辑理性不仅隔断了书写与相应的文学批评与思考，更会在语言自身的矛盾性上走向更深的尴尬与困境。对于新诗文体学来说，以活动为第一对象在本质上就是要扣住新诗的语言书写。

而对于语言研究来说，西方一般存在三个大的方面，即工具论、主体论，另外还有达尔文提出的语言本能论。史蒂芬·平克（Steven Pinker）对此有了新的贡献，提出"语言并不是文化的产物"，"语言是人类大脑组织中的一个独特构件"，"人们可以自如地运用语言，而不必了解其背后的逻辑和原理"，语言和思想一样，都是人类除开动物本能之外，众多本能中的两种（[美]史蒂芬·平克：《语言本能》，欧阳明亮译，浙江人民出版社，2015年，第4–7页）。而由语言的审美性书写所产生的艺术，"支配着作为一种规范的自发反应。由于客观条件的经验是不可避免的，所以，任何一件假装能够使自身从那些条件中解脱出来的艺术作品，注定没有意义"（[德]阿多诺：《美学理论》，王柯平译，四川人民出版社，1998年，第60页）。由此可见，新诗创作中的语言，沟通着人之内心，以及审美经验赖以产生的人类社会化实践活动，它自发、自觉、自主地协调着诗歌的内外系统。当然，审美经验的产生、艺术生产的社会物质条件，乃至语言本身的规约限制和众多悖论，使得语言的本能性与工具论、主体论纠缠在一起。以此为基础，以语言行为为核心问题的新诗文体就不仅仅是一次次本能的自由、自然表征，更显示着新诗文体在整个社会、文化场域中的角逐，成为自由与规范的共生物。于此，对于新诗文体学研究惟一具有恒定性质的、在语言的矛盾与悖论中存留的、在新诗创作建构与解构中凸显的，只有语言行为活动。它是始终鲜活的，以共时性的、当下性的有机显现，生产一种绵延的、动态多元的历史。

综上所述，我们并不反对新诗的文体学探索，但是我们必须警惕文体"理性"建设中逻辑理性的中心地位，因为在理性中还有一个"努斯"（Nous），"指能动超越的灵魂"，"一种自发的能动性和自我超越性，集中体现为人的自由意志。"（邓晓芒：《中国百年西方哲学研究中的八大文化错位》，《福建论坛》2001年第5期）它能超越本体，反戈恒定，指向生命始源与本真，它能在语言的本能性中得到直接释放和体现，或者说，语言的本能性就是理性中的"努斯"精神。以此为据，语言能够沟通自我与外在社会、联通人类本能与思想高度。它在外化理性"努斯"精神的同时，还对此进行了完善和拓展，具备了充分的自适能动性，成为新诗沟通内外系统的惟一媒介。换个角度讲，新诗文体就是一种创造性语言活动的形式显现，语言活动赋予了新诗创作充分的自适能力。诗人的本能性越强、创作能力越高，语言和语言活动的自适能力就越突出，新诗创作的活力也就越显著。外界能够对此影响，但却不能褫夺其有机调适能力，"清水出芙蓉，天然去雕饰"，在新诗创作的语言活动中并非虚妄，而是自然而然的事情。由此看来，新诗文体本就是鲜活的、生命的、自适性的，它不是社会文化的产物，而是社会文化本身。对此进行研究，与其为它设定各种规范，追问新诗文体是什么，不如索性全然放手。在数字化语境的今天，新的语言时代的来临，也必将意味着新诗创作的又一个新时期。[Z]

更 正

《中国诗歌》2017年第九卷"诗学观点"板块P152的"陈仲义认为"应为"于坚认为"。特予更正，并向于坚、陈仲义及广大读者致歉。

《中国诗歌》编辑部

诗学观点

□ 甘小盼 / 辑

● 吕进认为，新诗是"诗体大解放"的产物。"口水体"拒绝新诗的诗体规范，放逐新诗的诗美要素，否定新诗应该具有诗之为诗的艺术标准，加深了新诗与生俱来的危机。新诗百年的最大教训之一是在诗体上的单极发展，一部新诗发展史迄今主要是自由诗史。自由诗作为"破"的先锋，是中国诗歌的一种新变，但是要守常求变，守住诗之为诗、中国诗之为中国诗的"常"，才有新变的基础。提升自由诗，让自由诗增大对于诗的隶属度，驱赶伪诗，是新诗"立"的美学使命之一。

（《百年现代诗学的辩证反思》，《江汉文坛》，2017年第1期）

● 陈太胜认为，新诗是中国诗发展的自然进程，翻译只是在合适的时机，以合适的方式，促进了新诗这一新文类的诞生，并对它的形式和语言产生了关键性的影响。这种影响无论如何也还是基于中国现代语境中中国文化自身发展的需要的，新诗从来没有，也不可能只是外国的东西在中国简单的移植。在翻译当中，存在着新诗隐秘的源头，但这个开源之人并非英语原作的那个作者，而是译作的这个汉语译者；是译者，才使译作成了影响到一国一种新文类的产生的原作。因此新诗也仍然是中国的东西，中国文化现实的产物。

（《翻译对中国新诗产生和发展的作用——以卞之琳为中心的研究》，《广东社会科学》，2017年第3期）

● 季德方认为，诗的内在节奏在古典诗歌中就早已出现，只是被外在的格律所掩盖了。新诗的内在韵律与外在音乐表现形式有着密切的联系：内在节奏是诗歌的生命，没有内在节奏，就没有好的外在音乐形式，而好的外在音乐形式能充分表现诗的内在节奏的和谐与完美。然而二者又有本质的区别：诗的内在节奏是诗人心灵里自然而然的流露，带有较强的主观色彩，而诗的外在音乐表现形式，则是千百年来存在的创作规则，为历代的诗人所刻意寻找或遵循的，其中同样包括新诗的创作者们。

（《论中国新诗的音乐性》，《文学教育》，2017年第9期）

● 孙绍振等认为，作为一种批评的视角，把女性诗歌从中国新诗里特列出来，无妨一种谈诗、论诗的方法。一直以来，作为艺术女神的缪斯，同时也是诗歌的代名词，似乎从源头起，诗天然和女性气质心气相通，是美好和浪漫的化身。这么看女性诗歌，它同时也意味着身体和灵魂的觉醒与解放。但女性诗人首先是人，是写诗的女人，即便是对女性特质资源的开掘，也应当是严肃的和认真的，而丝毫不带有浮夸、猎奇和廉价的滥情。

(《中国新诗百年论坛·探讨女性新诗创作》,《文学报》,2017年6月8日)

●王士强认为,近五年来,诗歌创作更为繁荣、更具活力与创造性;诗歌创作走在更开放、更多元、更包容的道路上。在网络条件下,诗歌的生产力和创造性固然得到了解放,但消极或负面的因素同样也获得了新的空间和可能性,或许当今诗歌中所存在的问题也并不比任何时期少。总体而言,我们时代的诗歌正在一条宽阔的道路上前进,这个时代的诗人和诗歌是值得人们信赖和报以期待的。应该相信诗歌是有着强大的自我纠正、自我修复能力的,它必将能够在新的时代条件下持守诗的本质,维护诗的尊严,拓展诗的可能性空间,走向更为广阔的未来。

(《更繁荣,更具活力和创造性》,《文艺报》,2017年8月25日)

●吴思敬认为,中国古代诗歌有悠久的历史,有丰富的诗学形态,有光耀古今的诗歌大师,有令人百读不厌的名篇。这既是新诗写作者宝贵的精神财富,同时又构成创新与突破的沉重压力。从新诗发展的历程来看,新诗的草创阶段,那些拓荒者们首先着眼的是对西方诗歌资源的引进,但是当新诗的阵地已经巩固,我们便更多地回过头来考虑与古代诗学的衔接了。在百年新诗发展历程中,早先引进西方的诗歌与理论较多,现在是该扎扎实实地继承并发扬古代诗学传统的时候了。新诗不是不讲形式,只是没有一成不变的形式。

(《期待中华民族新史诗——关于新诗百年的一次对话》,《人民日报》,2017年4月7日)

●李茂盛认为,当今诗歌应该要有四个遵循:顺畅,就是指文字表达,能够达到文通义顺,情思畅达,节奏明快,体式自然,浑然一体;凝练,就是指句子锤炼,能够达到体式浓缩,干净洗练,有一定的沉淀以及较高的浓度、厚度和纯度;鲜活,就是指诗篇本身是个生命体,有精气神,有个性,不可复制,不可多得;有余味,就是指诗的寄寓和蕴含,能够达到言有尽而意无穷,有让读者充分想象的余地和空间,耐人寻味。有这四个遵循,可还诗歌一片纯净无霾的天空,给诗友和爱诗的人们一片清新高雅洁爽的土地。

(《当今诗歌创作的共同遵循》,《太行日报》,2017年7月19日)

●谢冕认为,中国新诗的一百年,是始于"破坏"而指归于建设的一百年,是看似"后退"而立志于前进的一百年。中国新诗迈出的第一步是废弃旧的诗歌模式,建立新的诗歌模式,从中国诗歌发展的事实看,一个时代的政治、经济、文化无不隐潜地、同时也是间接地影响着诗歌的生态。诗歌的应时变革是恒常的状态,诗体的更迭一般并不意味着倒退或停滞,而是意味着诗歌对时代的前进和发展的应和。

(《前进的和建设的——中国新诗一百年(1916–2016)》,《北京大学学报》(哲学社会科学版),2017年5月)

●杜云飞认为,随着社会经济的飞速发展和物质层面的极大丰富,诗人们在诗歌中的精神层次文化交流逐渐深刻和膨化。相对于二十世纪中国新诗而言,新世纪诗歌在题材的对内回流和反馈上有明显增长的趋势。在作家、作品、世界、读者这文学四坐标的互相作用中,诗人对自身的反省和追问以及诗人与诗歌之间新型关系的建立逐渐成为新世纪以来中国诗歌的明显走向态势。从写作状态来看,这种转向是写作链上面向世界的断层，无疑是某种意义上"自我——世界"这一关系的削弱，也体现出步入新世纪以来仍然在持续或者可以说在加剧的诗人"不屑为时代发声"的倾向。

（《新世纪诗歌中的自我观照与诗观》，《河北工业大学学报》（社会科学版），2017年6月）

●张翠认为，后审美、泛审美、反审美是网络诗歌审美的三个重要维度。后审美探索着眼于精英审美、大众审美相融合和青年亚文化审美隐喻的存在，泛审美强调身体写作、审美趣味世俗化，成为网络诗歌审美主要特征，而反审美的探讨则触及审丑、恶搞对网络诗歌审美范畴的扩大化。网络诗歌已自成体系，拿传统诗歌的审美标准去评判网络诗歌是不合理的，所以一味排斥网络诗歌的审美向度也是不公平的。网络诗歌与传统诗歌正由对立走向融合，以多元化的审美姿态审视网络诗歌将对当代中国诗歌的可持续发展大有裨益。

（《后审美·泛审美·反审美——网络诗歌的三个审美维度》，《南京晓庄学院学报》，2017年5月）

●罗振亚认为，中国先锋诗歌在新诗历史的每一个重要的转折点上都不乏深度的影响介入，它虽然在诗坛没有掀起过洪波巨澜、引发过强烈的公众效应，但始终是不绝如缕，越到后来生命力越强盛、越顽韧，越成为新诗艺术魅力与成就的辐射源。所以有人说从实地成就来看，现代诗歌优于现实主义和浪漫主义诗歌，并且中国新诗历史上艺术成就较大的诗人大多是现代主义，或者说具有现代主义倾向的诗人。中国先锋诗歌在写什么和怎么写两个方面建树众多，提升了中国新诗的品位，给新诗留下很多启迪。

（《为什么先锋诗歌没能成为新诗主流》，诗歌周刊微信公众号，2017年7月5日）

●程一身认为，百年新诗并非失败，而是发展得不均衡。所谓不均衡就是自由诗占据了主导地位，在现代汉诗的韵律建设和形式建构方面成效甚微。自由是有两面性的：它为新诗的发展提供了动力，也在新诗中注入了毒素，导致不少作者从自由滑向懒散，以自由为名把典雅的诗歌变成了任性的造句。强调新诗的现代性，不是要舍弃旧诗，而是要坚持并改造旧诗，使它能够适应表达当代现实的需要。百年新诗的发展史足以说明：诗歌发展的正道是守中思变，以变求新，反对不变，拒绝全变。一句话，惟能守旧者善变新。

（《从四个词看百年新诗》，诗评媒微信公众号，2017年8月5日）

●王德威认为，中国现代文学发展已有百年历史，各种新文类的生产与评估也蔚为大观。但回顾历来文学史的理论和实践，古典体制的诗词创作显然是最被埋没的领域。一般论者不仅对其视而不见，甚至引为反面教材，作为"现代"文学的对比。旧体诗的"诗"在传统中国文明里的意义，无从以学科分类式的现代"文学"所简化。作为一种文化修养，一种政教机制，甚至是一种知识体系和史观，"诗"之所以为诗的存在意义远非现代定义的诗歌所能涵盖。

（《"诗"虽旧制，其命维新》，喜闻微信公众号，2017年6月20日）

●欧阳江河认为，诗歌语言是最具有个人特征、最具有个人特殊性的语言。诗歌语言是一种最具有特殊性的，在无语里面也需要翻译的语言。这是诗歌语言的一个定义，它只是在载体上要借助英语、中文这样不同的语言来写，但是它所表达的指向的东西，却不是人人都能明白。诗歌的语言的特殊性、经验性、情感性、神秘感，甚至它最朴素的意义上的简单性，都包含一种跟新闻完全不同的，像密码一样的东西。我们这个时代是一个消费的时代，我们需要通过阅读、通过写作把我们的经验变成碎片，就是和人的总体性与我们的历史记忆和我们生命的连贯性完全脱离开来的一种碎片，这是我们这个时代的一个特别重要的特征。

（《对于中文，要允许有些东西不被理解读透》，诗客微信公众号，2017年9月11日）

●沈浩波认为，中国当代诗歌最大的成功在于：回到了语言，建立了语言，又正在超越语言，并终于在新世纪形成了汉语诗歌的现场感、身体感、生命感和当代性。口语诗歌更能容纳当代都市的现场经验，更能容纳诗人即时的生命体验，令当代汉语诗歌具备了成为中国诗人生存现场、心灵现场和生命现场的可能性。而这种当代社会的生存现场感，以及独属于当代人的现场生命感受，构成了汉语诗歌的当代性。那些无法承载当代性的诗歌，相形之下，就显得传统和陈旧。

（《沈浩波：回到语言、建立语言、超越语言（回答杨黎的6个问题）》，诗网刊微信公众号，2017年4月8日）

●远洋认为，爱情、婚姻，或者说两性关系，是文学创作永恒的题材和主题。对于性，问题不在于能否写，而是如何写。如果仅仅停留在吸引眼球、哗众取宠，或者只是宣淫——欲望的宣泄，甚至污浊不堪，诲淫诲盗，失去了人最起码的道德底线，那就是诗人和诗歌的堕落。从肉体出发的诗歌，并没有停留在性描写和感官刺激上，却能从肉体和性的经验上升到对人与人之间关系、人性和灵魂的追问、探寻与挖掘，有着哲学思辨和社会批判色彩，拓宽和丰富了诗歌美学的疆域。

（《道成肉身：莎朗·奥兹诗歌中的性与爱》，欣赏现代诗微信公众号，2017年2月27日）

●张光昕认为，对于现代诗歌写作而言，有新的问题出现了。这不是传统语言观所宣扬的陈规：词在不断复制和模仿着物，仿佛物早已在那里，等待着词的反映，语言的存在随着主体的消失而自为地出现，书写的主体不再是作为存在者的人和作为本有的大道（"语言"），而恰恰是一个非存在，只有词语的无声本质。在有意识与无意识之间，诗人触及到了这种全新的现代经验，词与物的新型关系在汉语诗歌中在浑然不察的情况下初露端倪。一种前所未有的写作尺度和法则正在形成之中，在这个微妙的停顿中间，它们将开启出一个尚未存在的书写空间，以容纳汉语诗歌的现代转换。

（《张光昕：诗的逍遥游——必然性、神秘性、亲密性》，中国诗歌网，2017年9月8日）

●李世俊认为，现代诗人的诗歌创作得到"人性化"的自由，涌现出一大批时代的精英性诗人。主体侧重表达心灵和情绪，对于客体是经过描述主体的体验和感受来表达，客体因素作为情感的背景、材料和载体呈现，淡化了审美主体和审美客体的真实界限。因此，诗歌的语言不能用寻常的逻辑去分析——实际上本身已经违背寻常的逻辑。形而上学、伦理学和诗歌的语言追求的是"物我合一"的情感呈现，意象是诗的本质和灵魂。诗歌的现实意义，就在于它的存在和发展，是人类精神文明的载体，是人类的精神导师之一，是情绪的宣泄方式和通道，是诗人对存在的万事万物进行"奥秘"的探索、传递和呈现。

（《诗与道——"诗道"探索性研究之一》，中国诗歌流派网，2017年8月17日）

进入新时代
——故缘夜话七十九弹

□ 朱　妍

11月7日，立冬。

"细雨生寒未有霜，庭前木叶半青黄。"武汉的初冬还算温和，日中阳光透过半青黄的树叶缝隙洒下来，仍是暖烘烘的秋高气爽。

虽然晚间凉意侵人，"故缘"里的气氛却依然温暖热烈——第三届"武汉诗歌节"举办在即，大家随时准备进入战备状态。

"文化兴国运兴，文化强民族强"

近期大家最关注的一件大事，是十九大；在朋友圈里各种刷屏的，也是十九大：报告中有哪些新提法、现场出现了多少次掌声、改革有哪些新动向？有人转载各种解读，有人自己有感而发。

"你们有没有收看十九大开幕式直播呀？有没有学习十九大报告？"一落座，车延高就关心地问起大家。"我们党委组织大家一起收看了开幕式，会后还组织了专场学习会呢！"小编说道。

"我可是个有近五十年党龄的老共产党员，最近我写了三首献给十九大的抒情长诗，在《人民日报》、《光明日报》和《湖北日报》发表了！"谢克强说道。

"是的，我们编书也不能两耳不闻窗外事，一定要有大局观念。"车延高道。

"文化是一个国家、一个民族的灵魂。文化兴国运兴，文化强民族强。没有高度的文化自信，没有文化的繁荣兴盛，就没有中华民族伟大复兴。要坚持中国特色社会主义文化发展道路，激发全民族文化创新创造活力，建设社会主义文化强国。"习近平总书记在十九大报告中向全党全国人民发出了"坚定文化自信，推动社会主义文化繁荣兴盛"的伟大号召。

文运与国运相牵，文脉同国脉相连。不忘初心，牢记使命。中国文学正迎来前所未有的发展契机，作为编者，我们当用优秀作品去温暖人、鼓舞人，肩负起时代的重任，无愧于"中国诗歌"四个大字。

绿汶

一朝盛会，两地诗情

"诗歌节的各项细节一定要定下来了，各项准备工作已经迫在眉睫。"谢克强焦急道。

"时间已经确定了，就从11月27日开始，和'香港国际诗歌之夜武汉站'的活动一起举行。细节大家再商讨一下。"阎志一锤定音，第三届武汉诗歌节最大的亮点揭晓。

"香港国际诗歌之夜"是由著名诗人北岛创办的国际诗歌节，每两年举办一次，从2009年至今已邀请过近百位国际诗人来到香港及内地城市朗诵诗歌，并进行各种诗歌交流活动。目前"香港国际诗歌之夜"已成为华语地区最具影响力的国际诗歌活动。第五届"香港国际诗歌之夜"将于2017年11月22-26日在香港举办，主题为"古老的敌意"，邀请超过二十位著名诗人和词人参与，之后分组移师广州、杭州、南京、武汉、厦门等五个中国内地城市进行分站活动。

避开了盛夏的灼人烈日，错过了秋日的瑟瑟秋风，冬日的武汉寒夜里，一定有最温暖的诗意：

11月27日开幕的第三届武汉诗歌节暨香港国际诗歌之夜武汉站，将迎来北岛、吉狄马加、乔治·泽提斯（英）、悠莉亚·费多奇克（波兰）、努诺·朱迪斯（葡萄牙）、德米特里·维杰尼亚宾（俄罗斯）、森·哈达（蒙古）等国内外著名诗人；

两天时间里，闻一多诗歌奖评选、"新发现"诗歌营、中国诗人面对面、外国诗人面对面、诗漫江城——第三届武汉诗歌节暨香港国际诗歌之夜武汉站诗歌音乐会等活动，将引领江城武汉提前进入诗意的春天。

新的时代，新的《中国诗歌》

"好，现在诗歌节的事情定了，本卷的样书大家也没有意见。我能松口气了。"谢克强放下茶杯，笑道。

"快到年底了，明年的思路我们也理一下吧。首先，我觉得能不能发稿量少一些，排版疏朗一些，走精品路线，相应提高稿费？"车延高建议道。

"又回到我们去年讨论过的问题上来了，我看还是应该改版，大刀阔斧地改！"阎志兴奋道，"去年由于一些因素我们没有改成，今年要继续。在去年讨论的基础上再次完善。"

"我也是这个观点，我们目前的设置确实要改改了。就比如'头条诗人'，每卷10个页码，八百多行诗，肯定不可能首首是好诗。不如少发一些，选精一些，稿件质量一下就上去了。"车延高赞同道。

阎志已经开始筹划细节："基本就按去年的意见，以专号形式推出，使其具有史料价值。装帧设计要精美好看，有收藏价值，而不是过期后往故纸堆里一丢了事。"

自此，《中国诗歌》也将进入一个崭新的时代，实力诗人、新发现诗人、女性诗人、中华诗词、爱情诗歌、网络诗选、诗歌理论、外国诗歌、散文诗页、民刊诗选、年度精选、闻一多诗歌奖获奖作品选等十二个专号将陆续与大家见面。

不忘初心，方得始终。新的更精美的《中国诗歌》捧在手中，不变的诗歌理想永远在心底。

未来的日子里，我们一起加油！